Beautiful Chinese

美丽中文

《读者》签约作家美文系列

安宁、包利民 等著

亲爱的，我不会走远

唯美爱情卷

天津出版传媒集团
天津教育出版社
TIANJIN EDUCATION PRESS

图书在版编目（CIP）数据

亲爱的，我不会走远：唯美爱情卷 / 安宁等著.
—天津：天津教育出版社，2013.12
（美丽中文：《读者》签约作家美文系列）
ISBN 978-7-5309-7491-9

Ⅰ.①亲… Ⅱ.①安… Ⅲ.①散文集—中国—当代
Ⅳ.①I267

中国版本图书馆CIP数据核字（2013）第296371号

亲爱的，我不会走远

出版人	胡振泰
作　　者	安宁、包利民等
选题策划	杜　平
责任编辑	孙丽业
装帧设计	张丽丽
出版发行	天津出版传媒集团 天津教育出版社 天津市和平区西康路35号　邮政编码　300051 http://www.tjeph.com.cn
经　　销	新华书店
印　　刷	唐山天意印刷有限责任公司
版　　次	2014年1月第1版
印　　次	2014年1月第1次印刷
规　　格	32开（880毫米×1230毫米）
字　　数	135千字
插　　页	2
印　　张	7
定　　价	21.00元

目　录

段奇清

姜钦峰

矫友田

李良旭

鲁先圣

孙道荣

安　宁

本名王苹，巨蟹座女子，80后人气作家，《读者》等多家期刊签约作家。生于泰山，读于北京，居于青城。外语学士，文学硕士，电影学博士。曾任中学外语老师、出版社编辑，现为内蒙古大学艺术学院影视戏剧系副教授。文风犹如个性，兼具柔软温情与犀利幽默。已出版长篇小说与作品集二十一部。代表作品：《蓝颜，红颜》《试婚》《聊斋五十狐》《呼伦贝尔草原的夏天》《笑浮生》等。曾获2009年度冰心儿童图书奖、2009年度北京市政府优秀青年原创作品奖等多种奖项。

爱情的时代症候

去小剧场再次看孟京辉导演的话剧《恋爱的犀牛》，台上的总结说，A 爱 B，B 爱 C，C 又爱 D，而相爱的两个人，却注定要分离。坐在身边的一对情侣，即刻在幽暗的光里，惶恐地侧头，对视一眼。而后又若无其事地，扭头去看台上激情相拥的演员。但我还是在这一秒钟的沉默里，窥到了身边的爱情，绽放时，花叶之上，细如游丝的裂痕。

明明与马路对于爱情近乎病症般的执着，在这个时代，几乎成为稀缺的花草。偶尔在阴暗角落里看到，你不会觉得珍惜，或者诧异，反而会对其不合时宜的绽放，生出怜悯与同情。

马路在这个时代，注定会被我们这些世俗中的人，当作病人，关进精神病院。他本可以与我们一样，在拿到了博士学位之后，找一份好的工作，和一个可以过烟火日子的爱人，而后等待着孩子，等待着晋级，等待着该有的和不该有的荣耀与地位。可是他偏偏为一个并不爱他的女孩，痴傻地等待，并放弃所有凡俗的光华。

想起一个读博士的朋友，曾经痴情地爱过一个来自贫穷山区的女孩。我们都以为，凭借他自身的能力，毕业之后，可以与女孩在这个城市里，过上幸福的生活。他可以去一个大学，做一个老师。而她，则可以在某个单位，谋一份文员的工作。房子车子与孩子，皆可以慢慢地来。

可是朋友的父亲，却是断然不同意他与女孩的结合。他带她回家，父亲则拒绝与之见面。他不解，不知道如此漂亮可人的女孩，究竟哪儿不能入父亲的眼。等到女孩离开，父亲这才对他谆谆教导，说，你一定要找一个对你的前程，有切实帮助的女孩，要么她工作与你相当，不差上下；要么，她的父母亲朋，有显赫的权势，能够在事业上，助你一臂之力。

朋友就在这样的引导下，与父母安排的另外一个家世优越的女孩，见面，并很快地走在了一起。女孩的父母，果然在他毕业的时候，帮他寻到了一份好的归宿。而之后的买房结婚评职称，他也一路走来，毫不费力。几年后我们再见，他俨然成了我们这一群人中，最春风得意的一个。言谈举止里，全是上层人士的骄傲与自如。

有人在私下里，问他，有没有，想起过那个曾经与他爱得悱恻缠绵的女孩？他略略停顿，而后望向那不可知的远方，说，想又有什么用呢？生活，不是谈恋爱，所谓的甜蜜，不过也就是瞬间的感觉，之后过去，照例要为俗世奔波劳碌；所以，现实一点，才是一个男人，成熟且心理健康正常的标志吧。

原来，耽于爱情，并为之离开正常的生活轨道，这个时代，便会无情地，将一个男人，推进精神病症的手术室。就像，《恋爱的犀牛》中，被俗世隔离的马路。

对于一些人，爱情是一种疾病，类似于发烧，或者感冒，一旦患上，整个人，便会失去了方向般，头重脚轻，昏昏沉沉。而且，所有的器官，都迟钝起来，你只能闻得到爱情的味道，哪怕，是浅浅细细的一丝一缕。除此之外的一切味道声音与色彩，你皆可以视若无睹。

而对于另外一些人，爱情，则是路边的一种可供欣赏的风景，任谁走过，都可以采摘下来，把玩一番，一旦到了要启程离开的时间，则能够毫无牵挂地，将之弃掉，去追寻前方更美的景致。

我们中的大部分人，都是那游客，不管怎样地向往，终究，还是在爱情的前方，拐了弯，绕到那条通达开阔的马路上去。而那通幽的小径，权且留给诗人们，去吟唱吧。我们只需在洒满温暖阳光的落地窗前，读着被世人视为病人的诗人们，用一颗备受爱情折磨的心，写下的诗句。

恰是这样和暖的阳光，洁净的空气，明亮的书房，开阔的落地窗，飘逸的窗帘，可以远眺的阳台，舒适的藤椅，让我们终于可以闭眼，想念那被我们丢落在开满鲜花的小径上的爱情。

而就在这样的时刻，我们突然间发现，疾病一样的爱情，在这样拥挤热闹的生活里，已经晨露一样，蒸发掉，且再也没有了踪影。

我们成了一个彻底的健康的俗世中的人。

爱情未毕业

他在爱上她以前，因为斐然的文采，和出色的外语主持天分，算得上学院里一个风云级的人物。不知有多少的女孩子，偷偷地暗恋于他，将情书放在教室的窗台上。也有大胆的女孩，在路上拦截他，红着脸问他能否一起去看场电影。但他当时情窦未开，没有喜欢的女孩，所以对于这样热烈的追求，他几乎毫无感觉，只一心专注于学业。但这样的淡然，反而惹来更多女孩子的爱恋。女孩子们皆说，他越是坚持自我，高傲行走，他在她们心里的影像，便越是印记深刻，且特立独行。

而她，便这样在他的视线里，从一群女孩子中脱颖而出。他记得见到她的时候，他正要上台，报下一个要出场的节目。在后台的幕布旁，不小心撞到了她。他急急地说抱歉，她却莞尔一笑，柔声道，没关系。他只是匆匆地一瞥，便再也无法将她清澈纯美的笑容，从心底祛除。

这样深的印记，让他的那次主持，因为走神，而糟糕至极。他常常说着说着，便忘了台词，有时明明看着手中的提示，还是给念错了。一整场晚会，他的口误，竟达十几次之多。等他走下台时，甚至有学生当面指责他，说他为学院丢了颜面。

他当然是不在乎。事实上，他在晚会一结束，便去找了她。他约她去看通宵的电影，并因此在第二天，被查夜的老师毫不留情地在曝光台上记下一笔。

热恋中的他，与昔日桀骜不驯的自己，迥然不同。他的个性，渐趋温和，早晨习惯跑步的他，将路线改成了他与她宿舍之间几百米的短途。他总是第一个从床上跳起来，跑去食堂买来早点，而后在她宿舍楼下等她慢腾腾起床。他会为了她的一句话，而一晚上不眠不休，辗转反侧。而在往常，他都是利用睡觉前的一个小时，写上一两千字的文章，投给报社的。他还时常地逃课，只为转遍大街小巷，为她买无意中提及的一款衣服。常常当她发来短信说喜欢他的礼物的时候，他正在教室里，因为没有回答出一个问题，而被看好他的老师批得一无是处。

他与她谈恋爱的第一年，他的一门外语考试，没有及格，是交了补课费，又突击了十几天，才勉强补考通过。他们相爱的第二年暑假，他带她四处游山玩水，花光了身上的钱，途中冒险逃票坐上火车，但还是没有逃得过车警的火眼金睛，将之当面在火车上好一通训斥。他们相爱的第三年春天，昔日真诚劝说他坚持写作的编辑，渐渐与他失去联系，最后连他自己都几乎想不起，最初曾因为文笔而被许多的女孩子仰慕过。

大学即将毕业的那一年，他一心想着可以带她去自己家乡所在的城市，而后找一份安稳的工作，再结婚生子，给爱情画一个圆满的句号。但糟糕的事却接踵而至。先是他被告知，因为有三门功课没有及格，他将无法拿到学位证书。然后便是他父母联系好的那家单位，因为某种利益上的原因，找了理由，又将他拒掉。而女孩儿的父母，则下了指示，如果不留在大城市，他们的爱情免谈。

他们就在这时，开始了无休无止的争吵。这样的争吵，每一次，都以他的妥协为结束。他以为自己对她的迁就，会让她在毕业前的动荡时光里，一如既往地珍惜这一份爱情。可是，他却发现，这样一次次屈服的结果，是他离她的距离，愈来愈远。直至最后，她对他说，我们还是分手吧。

他起初几乎是愤怒，想到自己最美好的四年，为了这份爱情，耽搁了学业，荒废了文字，疏远了主持，又弄丢了学位，连向来骄傲的个性，都荡然无存，而这样的付出，却没有换来一张爱情的毕业证书。

后来有一天，他遇到昔日一个曾经当街约他去看电影的女孩，他当即叫出了女孩的名字，而女孩却是看了他足足有十分钟，才小心翼翼地说，很抱歉，你与四年前我所认识的你，变化太大。他追问变在何处，女孩微红着脸，犹豫了许久，才道，那时你独特的个性，不知吸引了多少女孩呢，可是现在，你走在人群之中，我却很难一眼就认出你，你的鹤立鸡群的光芒，不知为何，消失得如此彻底。难道你不知道，那时你的女朋友，是费尽了心机，才制造了一次让你注意到她的机会……

他终于明白，他是最先丢掉了自己，才继而丢掉了爱情。爱的必修课，原来还包括如何始终如一地保持自我的光芒。

不美的暗恋

与枚的相识是因为谭，那时我与谭刚刚开始恋爱，说笑的时候就聊起了他的高中同桌枚，并因此知道她暗恋谭很多年，却因为长相不佳，而让谭生不出任何的“邪念”，只当哥儿们一样地相处着。

但谭周围的朋友们却着急，在谭遇到我以前，拼命地想要将他与枚撮合在一起，屡次创造两人单独相处的机会，试图圆了枚深藏多年的暗恋。可惜谭根本对枚毫无感觉，很多时候还对缺少女人温柔的枚生出厌倦，看她什么都不顺眼，在一起吃饭，总会含讥带讽地嘲笑她，看她当众红了脸，他则有一种引逗了一只小猫小狗的快乐。

但终究因为是高中三年的同桌，大学毕业后又在同一个城市里工作，还阴差阳错地连租房都在同一个小区的上下楼层上，有时候会在各种琐事上，麻烦到彼此，所以谭对于枚，还是像同学一样来往着，并在与我相爱后，打电话给周围的同学，请他们吃饭，并大大咧咧地通知了枚，让她给新交的女友把把关。

第一眼见到枚，凭借着女人的直觉，我就知道枚在来之前，经历了一番痛苦的挣扎；而且，因为潜意识中，将我当成了情敌，脸色始终是下雨前天空的晦暗。她只对我淡淡地点头后，便将我丢下，与另外来的一个女孩，用我根本听不懂的方言畅聊起来。饭间我几次夹菜给她，都被她拒绝。枚这样的反应，让谭有些生气，在我又一次想要夹菜给她的时候，他断然将我手中的筷子拦住，自己恨恨地吃掉。我在桌子下面拍了一下谭的手，暗示他不要这样冲动。谭这才按捺住一股已冲到喉咙的气，像什么都没有发生过一样，劝枚多吃些菜。

饭吃完的时候，三个人在夜色里一起走回居住的小区。起初还有些尴尬，我与谭牵着手，而枚，则在距离我一米远的地方，低头悄无声息地走着。在行至一段没有路灯的偏僻小路时，因为地上有一个水洼，我很自然地将枚的胳膊挎住，又柔声对她说，枚，小心点，别踩进去。就是这样一句不经意的话，让枚对我的芥蒂，倏忽就消失掉了。而我，也习惯性地，再也没有放开枚的手臂。三个人，就这样在有月亮的晚上，手挽着手，肩并着肩，说着一些琐碎的事，慢慢走回家去。

我记得在快要到小区的时候，枚突然用方言，与谭说了一些话。我只当他们是在闲聊，并没有注意，但却在昏黄的路灯下，看到枚脸上一闪而过的忧伤，还有谭瞬间的沉默。

枚住在三楼，我们则在五楼。我们与她道了别，便准备继续上楼。而枚却在打开门后，“啊”一声尖叫。我和谭迅速地转身，走到她的门口，这才看见白炽灯下，地板上正得意乱爬的一堆蟑螂。谭很快地将蟑螂消灭干净，又帮枚扫进楼下垃圾箱里。我和枚站在有些空荡的房间，彼此都想找些话来说。最后是枚看着蟑螂的残肢，笑道，我一直以为自己是一个人住在这个旧房子里呢，搞了半天，还有这么多蟑螂陪伴着我。

这是枚开的一个玩笑，我也本应该附和着笑一下的，可是不知为何，我却在始终找不到男人来爱自己，因此只能暗恋的枚的面前，有想要流泪的感伤。同为孤单走路的女子，只不过我比枚长得漂亮，有一份稳定的工作，性格天生的温柔，便可以得到希望的爱情，而枚，却因为生来不美，这一路走来，始终有我无法理解的寂寞与孤独。

楼道里很黑，枚拿来手电筒，非要为我们照亮。谭去开门的时候，我站在楼梯口，与枚一高一低地，说最后的几句话。枚说，她马上要换一份新的工作，所以房子也要去租新的。我挽留她说，这样不挺好吗，我们可以相互照应。枚笑，说，租期快要到了，换一个房子，或许也能换一种心情，让自己在这一年里，有一个好的兆头。

我在黑暗中，看见枚眼睛里闪过的一丝希望，突然地很想下一级台阶，给这个长相粗糙，打扮亦不入时的女子，一个结实的拥抱。但我最终，还是只微笑着，与她道一声再见，便转身进了房间。

枚很快地便搬出了这个小区，在我和谭沉浸在热恋中，几乎将三楼的她给忘记的时候。也是在得知她搬走的那天，我才从谭的口中，得知枚上班的地方，距离这个小区很远，她之所以愿意日日从城东骑车到城西去上班，不过是因为，她可以与谭，有最近的距离。尽管，谭有时候看到她，连招呼都懒得打。

谭始终没有提及，那天三个人一起回来的夜晚，枚究竟与他，用方言说了些什么。或许，她向谭吐出了压在心中很多年的爱恋。或许，她因为我所给予她的一个手臂的温暖，而嘱咐谭，好好照顾我。又或许，她什么都没有说，只想用我所不能懂的方言，与谭有片刻最后两个人聊天的时光。就像，许多年前，她还是少女的时候，与谭同桌，曾经那样快乐地相聊过一样。

我知道这最后的聊天，是一帘蓝色的幕布，徐徐拉下的时候，枚不被谭理解的暗恋，也寂然地结束了。

当年校草已黯然

唐是我们大学时当之无愧的校草，当年追求他的女生估计有一个加强连。连带的我们班里的同学也跟着他饱了眼福，天天看到美女在教室门口火辣辣地逡巡。但唐却从来都不正眼看一下，总是高昂着头，摆一冷酷的姿势，与美女们擦肩而过。

班里的男生们因此便嫉妒，说，饱汉不知饿汉饥，看他那得意小样，小心哪天发了福，失了这身好皮囊，站在大街上，跪地哀求都没有女人理。唐当然不介意男生们的醋熘风言，照例我行我素，一副孤傲清高的模样。

但恰恰是唐这样的淡漠表情，反而惹来更多女生的热烈追捧，到最后，发展到围追堵截，严重影响了唐的日常生活，唐除了尽快找个女友，结束单身，贴上名草有主的标签，别无选择。

唐很快地找了第一任女友，成了人家的专职“打水工”，兼贴身保镖。其实大家都看得出来，是女孩保护了他，让他免遭被众美女围攻的危险。这时的唐，站在人群里，依然是鹤立鸡群般地出众。常常一眼看过去，便能毫不费力地将焦点锁定在他的身上。

而唐显然也知道自己这样的优势依然夺人眼球，所以在女友面前，从来都不卑躬屈膝。每次吵架，都要无理争三分，非要那女朋友，哭哭啼啼地求他回心转意不可。这样的好面子，让这场看上去还算郎才女貌的爱情，很快地便夭折了。

爱情夭折后的唐，继续挺直了腰板在人群里走路，但不管他怎样扮酷，看上去总是少了一点什么。好似一朵摘下来被人百般爱抚过的玫瑰，怎么看都是褪了色的，不复昔日的新鲜。

所以那时我们大家常常调侃，说男人也与女人一样，有保鲜期，一旦拆封用过，离枯萎的时日，便不远了。但唐自己不觉得，依然是茂密昌盛地站立在人群中，大有一种发福的将军挺肚巡视的英勇。

始终坚持不“打折”的唐，倒是像商店里的商品，或者金融危机前的美元，坚挺风光了好一阵子。他也借此谈了一场又一场风花雪月的爱情，享尽了那些长相歪瓜裂枣的男生们可望而不可即的丰美时光。

两年后我们大学毕业，唐便成为BBS、校友录或者开心网上的热门人物，每每闲极无聊，大家总会八卦一阵，说起唐当年让人过目难忘的风流英姿，又用毕业后与他交往的点滴，拼凑出一个变化中的唐。

那时我是唯一一个与唐距离最近的同学，所以也便成了唐对外发言人的不贰人选。常常就有当年对唐的淡然耿耿于怀的女生八卦问我，而今的唐，还有没有昔日一马平川看过去，瞬间击中人的眼球的魔力？也有男生依然嫉妒，说，而今的唐，被工作折磨着，怕是没有了那种闲庭信步便引来无数美女的魅力了吧。

终于抽出空闲，为了不辜负众多同学的期望，打算会会刚刚当了父亲的唐，将一个全面的唐报道给大家。唐不知来意，只以为是老同学，便很快答应见面，但在具体接头地点上，这位一向干脆利落的帅哥，却磨叽起来，一会儿说在地铁口，一会儿说在婴儿用品专卖店，一会儿又说在公司门口。最后还是我一口咬定，在婴儿用品专卖店好，一则顺路，二则可以给他的宝贝儿子买点东西。唐犹豫一阵，这才答应下来。

我早早便到了专卖店，等待与唐见面。门口恰好是个公交站牌，来往的行人很多，我目不转睛地盯着车上下来的那些与帅气稍微沾点边的男人，一个一个地检阅，过滤，试图寻找到与唐有关的点滴影子。但是时间一分一秒地过去，我所要寻找的仪表堂堂的校草，却始终没有出现。我终于不耐烦，给唐打电话，手机响起的时候，距我几米远的地方，一个形容晦暗穿着马虎的男人，也同时拿出了手机，并且对着话筒喊出了我的名字。

我几乎吃惊地几步跨过去，对着这个稍稍有些背弓的男人，迟疑地喊出唐。而唐，这才抬头，看到我，一边兴奋一边抱怨，我都等美女半个小时了。当我说出我也已经等了半个小时却始终没有寻到他的影子时，他的眼睛里，一下子有些黯然，说，当年你可是在人群里一眼便能够将我这头号帅哥揪出来啊。我一耸肩，说，可是，头号帅哥怎么现在看起来有点衰呢。

而接下来唐的表现，更是出乎我的意料，这个总是胸有成竹的男人，不知是因为做了父亲变得胆怯，还是因为有了老婆凡事都不敢自作主张，不过是买一个小孩的奶瓶，竟是千般比较万般挑选，又打电话给老婆请示，又跟店主费尽口舌，磨蹭了近半个小时，这才买下一款。

我站在唐的旁边，怎么看都觉得唐变得矮了，一路被风吹得略显蓬乱的头发，遮住了他的眼睛，也遮住了我看往校草正当茂盛时的路途。

原来时光真是个残酷的东西，它粗粝的风沙吹过来，我们曾经热爱过的校草，就这样覆上了风尘，在我们的视域中，有了黯然的裂痕。

跟踪一本书的暗恋

她与他不在同一个年级读书，也不在同一所教学楼上，放学的时候去乘公交，更是一南一北，背道而驰，可是她却知道他的一切。

她知道他 12 月 16 号的生日，他常吃的学校旁边地下超市里芹菜馅的水煎包，他上楼的时候爱一脚跨越两道阶梯，他高兴的时候爱哼自己编的曲子，他看书痴迷的时候六亲不认，他的唇角还有一颗小痣。哦，当然，他爱买爱借的书，她也一清二楚地记得。

他是校园里的才子，文笔好到连老师都自叹弗如。有时候校园里会有广播，校长在上面郑重地轻咳两声，便点了他的名字，说他又在哪家杂志发了文章，给学校带来了荣耀，特此表扬。她站在阳台上微微仰头听着，就像在听自己获奖一样，两腮红润，手心发烫，鼻翼上竟也有了点点晶亮的汗珠。

她每天都能看到他的身影。有时候是在老师办公楼的走廊上，他作为语文课代表，去抱学生的作文。有时候是在学校门口的公交站牌下，他背着书包，抱着几本刚刚借来或者买到的书。有时候是在对面教学楼的窗户旁，他下课后从教室里出来，迂回曲折地去洗手间。但更多的时候，是在学校的图书馆，还有图书馆旁边拥挤的小书店里。

她还曾经偷偷地跟踪过他。是他在图书馆借书，她隔着一个人站在他的后面，看他拿了借书板进去后朝右拐，在第一排书架旁停住，那里有图书馆最新上架的精品图书。他在书架旁不过是站了片刻，便很快地拿了一本《暗伤》，而后又选了一本《欧美诗人文集》。新书架旁拥了许多学生，她隔着几排，眼看着这两本书快要没了，可他还在浏览架上的书，她有些着急，恨不能变成一只小小的蚂蚁，将他所借的书悄无声息地全拖回来。

可惜他离开的时候，那两本书也被人借光。书架上有些空，像那一刻她的心，有些寻不到泥土的失落。她很快地跑到图书馆大厅，在电脑上查明了出版社和主编，便又旋风般回到还书处，在一群学生里毫无淑女风度地朝图书管理员喊：老师，麻烦帮忙查一下现在有没有学生还回一本《暗伤》，是长篇小说，还有一本《欧美诗人文集》。她觉得自己的声音几乎每一个角落里都能听到，可那管理员却还是连头也没有抬一下。她一边看着书架上散落的刚刚还回的书，一边着急地再一次催促。

管理员终于抬起头来，淡淡地瞥她一眼，道，没看到这两本都是刚上架的新书么？好书没被看旧之前，会还回来么？还是先去借别的书吧，别在这里吵得人耳朵疼。

她的脸涨得通红，她多想告诉这个每次来都闲得梳妆打扮的管理员，她就要这两本书，因为这是他正在读的，她愿意与他一同阅读那些精美的文字，似乎这样，她的视线，便能与他的，通过文字温柔地融合在一起。

但最终她还是决定每天都来这里等待，等待有人还书，更等待他所还回的那一本。她在之后的一个多星期，每天都去图书馆。但得到的答复，还是没有人还。她甚至不相信电脑里的记录，要亲自去书架上看过，才肯失落地离开。

等到第九天的时候，她终于忍不住了，偷偷逃了课，逛遍了市里所有的书店，试图买回这两本书，却均被告知，书已售罄。她几乎快要急哭了的时候，有书店导购员告诉她，或许可以去网上看看。她即刻破涕为笑，想着自己真是一急就笨了，怎么就想不到网上购书呢。

书果真是买到了，但此后的几天里，她却是在早晨饿了肚子。但当她一边忍着饥饿，一边将视线温情地抚过那些他也穿越过的文字的时候，她的心里，却是温暖又充实的。

几天后她在阳台上看到对面楼上的教室门打开，他抱着一摞书，显然是要去图书馆还的样子，她激动地抱起那两本书，便也飞奔下了楼。

她终于赶在了他的前面，而且是一前一后地排队还书。当她将书轻轻放在桌子上的时候，她的视线，却是落在他的鞋子上。那里有一小片尘土，她多么想弯下腰去，为他用手温柔地拭去。

是管理员向她不耐烦地嚷第三次的时候，她才将视线落在自己所还的书上。管理员将她的书没好气地推过来，说，存心来捣乱还是学习累得脑子晕了？你自己的书，跑这里还什么还？

她明明知道这是必然的结果，但还是涨红了脸，不知道该如何应对。而他，就在这时，温和地问她：你也喜欢这两本书么？

她惊讶地抬起头来，第一次与他如此近距离地对视。她看到他的牙齿很白，像是海滩上闪亮的珍贝。她还看到他额头有一道轻微的伤痕，如一只小兽，轻轻咬下的齿痕。而他看过来的眸子里，竟是深得如一潭不见底的湖水，只看一眼，就会晕眩，几乎要掉落到那水里去。

她忘记了自己有没有点头回答他的问题，告诉他，她很喜欢这两本书，他所阅读过的每一个文字，她都喜欢。她只记得他很快地还了书，便连再见也没有说一声，就转身很快地离开了。

这是她和他说过的唯一一句话。哦，确切地说，她根本就没有对他说一个字。这一场距离不过是一拳之隔的相遇，她竟是因为激动，连一声“你好”，都忘记了。

这一场暗恋，他从来都不知晓，可是，她却是如此持久又深刻地记着。就像记着青春这一串手链上，一颗一颗琉璃做成的动人的彩珠。

愚不可及地错过你

读书的时候，一个叫藤的同窗暗恋隔壁班的班花茉，每一次上公共课，藤总会早早地就替茉占好位置，但又学习雷锋，做了好事不肯报自己的姓名，而是让班里一个要好的女同学将茉指引到座位上去。他自己的位置，并不会靠近茉，而是在茉的斜后方，且呈 45 度角，这样他就能既看到茉柔美的背部曲线，又能窥到茉秀气的鼻翼，额头的汗珠，湿漉漉的一绺头发。这样的位置，让藤每一次注视，都怦然心动，似乎，目光代替了他的双手，一一抚过茉每一个动人的细节。

作为班花的茉，最不缺的，当然就是男生们地讨好与奉承。据不完全统计，她的情书摞起来，可以赶得上她的身高，并因此被单身的男生们酸溜溜地称为“情书等身”。所以对于藤潜滋暗长的爱恋，绯闻缠身的茉既没有觉察，也丝毫不去关注。她心安理得地享受着藤悄无声息的关爱，藤也心甘情愿地继续着自己无私的奉献，一瓶菊花茶，一份麦当劳的炸薯条，一把门口绽放的遮阳的伞，每一份小小的关爱里，都蕴蓄了藤深沉的爱恋。

这样熬过了两年，眼看着大学过了一半，另外一半也即将毫不留情地过去，茉的身边换了一个又一个护花使者，而藤，却依然是茉身后的一个影子，隔着45度角，不声不响地一路跟着她走。有藤的哥们看不下去，几经劝说，藤这才道出心声，其实自己根本就不奢望能够得到茉的爱情，只要她肯听到自己隐藏的真情，肯与自己在月亮下的操场上走上一圈，他这四年的大学，就算没有白过。

藤的哥儿们古道热肠，很快就传话给茉。出乎意料，一向骄傲的茉竟毫不犹豫地答应了。于是在一个月朗星稀的夏日傍晚，藤在学校操场的看台旁，第一次与总是侧面偷视的茉，近距离地靠在一起散步。藤事后回忆起来说，那真是一个最适宜倾吐心曲的夜晚，月亮将轻纱般朦胧的光线倾泻下来，看台，栏杆，花草，旗杆，都在这样的笼罩里，温润柔和起来，就连草丛里的蛐蛐，都在温柔地谈情说爱。

可就是这样一个诗意的夜晚，藤却与茉肩并着肩，绕着草虫鸣叫的操场走了一圈又一圈，谈了一个又一个话题，始终没有将真正想说的话，吐出一个字来。甚至在茉打破尴尬，在宿舍楼下问他是否还有什么话说时，藤依然傻傻笑着，说，没事，都是同学，就想聊聊天。

藤的哥儿们听说后恨不能揍藤一顿，让他就此可以开开窍，将满肚子爱恋吐一句出来给茉听。最终这位哥儿们气不过，又帮他制造了一个发生在图书馆的接触机会。

那日又是茉在藤哥儿们的央求下，朝坐在隔几个位置的藤走过去，又笑着向藤说道：有时间现在一起去食堂吃自助餐吧，你哥儿们请客呢。而我们善良诚实不善言辞的热血青年藤，则低头注视着茉一路云一样飘飞过来的裙裾，愣是紧张得连头也没敢抬。而及至茉发出请求来，他则在慌乱之中，说出了一生中最后悔的一句话：我还不饿，再看会儿书，你们俩去吃吧。

藤纯真的暗恋，至此画上了一个永远不会圆满的句号。后来听藤的哥儿们说，其实茉对藤，也有好感，她一直等待着能和藤有至少一段纯美的时光，可是没有历经爱情的藤，却因为一颗没有被俗世沾染过的纯净的心，不会像其他男生那样，用玫瑰巧克力和烛光晚宴的攻势，大胆霸道地去追求茉，而永远错失了这段还没有开始便已结束的爱情。

许多年后，我们一群人聚会，当着藤的面，谈起这段被而今的我们，当作笑谈屡屡提及的求爱事件，原本以为藤会羞愧，自己曾经有过这样愚蠢的经历，或者，与我们一样，哈哈一笑，权当是年少无知。却不想，他长叹一声，说：什么时候，上天会让我重新回到这样青涩又虔诚的时光呢？我宁愿再一次愚不可及地错过爱情，也不愿远离那段双眸清澈、心如明镜的年华。

那篇小说是虚构的

她狂热地爱着他，在她写成的一篇篇的小说里。

她从没有告诉过他，她在看到他的第一眼，就陷入了绝望的暗恋。那时他们还都在校园里，可是再有几个月他就要毕业离校，而且，是跟随他的女友去往邻近的城市。她隔着阔大的饭桌，看着对面的他，将一小碟水煮的花生一粒一粒地剥开来，送给旁边的女友，而那个幸福的女子，则咯咯笑着，朝一群人说他这个“剥花使者”很是称职，可以在毕业后晋级为预备老公了。他则微微笑着，并不言语，照例旁若无人地将女友爱吃的菜夹到小碟子里。

她也不知道究竟爱他的什么，她用不同的小说翻来覆去地论证这个问题：或许是他内敛含蓄又深邃的目光，那里有她的影子在晕眩。或许是她曾无数次触碰到他的名字，在老师的口中，在同学的闲谈中，在报纸的副刊上。或许是她辗转听说在校报做编辑的他，曾经无私地在主编面前推荐过她。可是每一个或许，都似乎不够充分，不能够解释为什么她只听见别人提起他的名字，心底就波涛翻滚，无法自抑；为什么她看到他和女友迎面走来，明明想要打一声招呼，却是电击雷轰似的，口不能言；为什么她写了一篇又一篇用他做原型的小说，却丝毫不敢投往他或许能够偶尔瞥到的校报。

她想或许这就是爱了，说不清道不明，纠缠着，撕扯着，搅得她夜不能眠，心里满满的全是他的影子。

她想无论如何自己都是要做些什么的，在他离校之前。她不能够从他的女友手里将他争抢过来，那么她至少可以天天看到他，在他去给女友打水买饭的路上，或者他回自己宿舍的途中，她也可以故意每日与他走同一条路，穿越稀疏的竹林，走过一条碎石子路，再从一排青砖老房子前绕过。她想他未必记得住她，她在他的印象里，不过是校报上那个署名兰朵的名字，他即便是向主编推荐她的时候，都没有想过打个电话或者发个短信给她，出来吃一顿便饭，或者喝一杯清茶。所以假若她天天从他身边走过，他总会看她一眼的吧。一眼就可以了，她从未奢求过更多。假如，这一眼能够让他知道她心里的巨浪起伏。

她那年已经二十二岁，本来不该做这样小女生才会做的傻事，可是她却控制不住自己，就这样痴傻地在他必经的路上，抱着书等。看他转过一丛香气缭绕的芍药，又穿过一片紫藤架，从低头假装看书的她身边经过。她能清晰地说出他每天穿的鞋子是什么颜色的，裤脚上有没有尘灰，鞋带是否松开了。可是她却始终不知道他的表情，她总是在他还没有走近的时候，就慌乱地将头低下去，紧张地翻着那本永远没有变过的杜拉斯的《情人》。她在那本书里夹了他踩踏过的一片紫藤的叶子，一朵她故意放在面前被他经过时一阵风带下的夹竹桃。她知道夹竹桃是有毒的花朵，可是她愿意每天闻着它，哪怕窒息而死。

小说里的浪漫情节，永远没有出现在她的身边。她与他，也只有过一次视线和言语的交流。是她拥在一群人里，看他与女友上车，很多人都说，一路顺风，她也说，一路顺风。他走到她的身边，笑着说一声谢谢，她第一次勇敢地抬头，回复他说，走好。

那是他最后一次出现在她的面前。那辆车，将他载着，开往邻城，再也没有回来。她追着汽车跑了很远，直到它完全消失在车水马龙之中，再也看不清晰。

此后她一心安于写作，心无旁骛。她的文字，很快占领了邻城所有的报纸副刊，她写爱情，也写痴情，绝情，无情。她用文字将那段无人能解的暗恋，条分缕析地刻入灵魂。每一篇文字里的女子，都是她自己。而那个或不羁或冷漠或感伤或多情的男人，则无一例外，全是他的影子。

后来有一天，一个邻城的编辑，突然写信给她，说，有一个本城的读者，是从你写的那所大学里毕业的，他想问一下，你写的那篇叫《紫藤架下》的小说，是不是源于特别真实的一段爱情？因为，这名读者总觉得里面的细节，似曾相识。

她的心里，翻起惊天的骇浪。可她还是假装了镇定，一字一句地回复那个编辑。她的信里，只有一句话：那篇小说是虚构的。

那时的他，已经结婚许多年。而她，却一直在孤单等待着这一句辗转而来的问话。

包利民

黑龙江人，专栏作家，《读者》《青年文摘》《意林》《格言》等期刊签约作家，畅销书作家。黑龙江省作家协会会员，教育部“十一五”课题组文学专家。已在海内外各大报刊发表文章近万篇，获各级奖项若干，千余篇文章入选各类丛书，有文章入选小学语文教材，多篇文章入选高考和中考语文试卷。已出版《当空瓶子有了梦想》《一朵花开的时间》《一条鱼眼中的海》《不能跳舞就弹琴吧》《给星星找片夜空》《低头见花》等十余部作品。

腿和腿的相依

三十年前，她和丈夫去山上打松子，都是三十岁左右的年龄，爬几座山岭都不会觉得累。有一次打松子休息时，他们饶有兴致地去旁边的山坡上看伐树。她极喜欢听树倒时，伐木工那嘹亮的号子，把一个“顺山倒”喊得悠扬至极。

那一天，正看着，陶醉在满山回荡的号子声里，意外发生了。一棵高大的树木竟然倒向了他们所站的方位，巨大的树冠带着风声猛扑而来，他们一时惊得呆住。直到快要临身时，他才反应过来，拉起她就跑，她着急之下绊倒在山坡上。树干直奔她的腿砸过来，已经来不及拽她离开，他做出了一个让她感动多年的动作，他迅速趴下，将两腿护在她的腿上。结果比想象中要好许多，由于树倒下过程中先砸在一块石头上，所以，他的两腿和她的左腿只是骨折。

伤愈之后，他们再没去过山上打松子，只是常回忆起那个情景，于是她就说他傻，白搭上两条腿。他只是傻笑，也不辩解。日子平淡地过，她也变得越来越能唠叨，将儿女都唠叨大了离家远去，就唠叨他。觉得还是他好，怎么唠叨也不生气，不反抗。而引发她唠叨的欲望的，就是他喜欢喝酒。开始时是每天三顿酒，后来发展到晚上睡前也要喝上一杯，否则就睡不着。她不论怎么管，采取什么样的措施，都难以将他的酒戒掉。

就这样渐渐步入晚年，在身体越来越弱的情况下，他的酒便喝得少了，还没等她高兴，他烟瘾却大起来。以前虽然也吸烟，可是好几天才一包，现在变成了一天一包，还有些意犹未尽。于是她的唠叨的技能得以继续发挥，且有越来越厉害的趋势。她有时是狠不下心来管他，每当天气有变化时，他的两条腿就会酸痛，于是她就想起当年的事，也就任他吸烟。

终于，他将烟酒彻底戒除了。她却一点高兴不起来，因为他患了脑梗，不得不戒掉。后来恢复得不错，但走路有了困难，左腿不太听使唤，抬脚极困难，要很费力地才能迈出一步，虽然拄了个手杖，却也是走得磕磕碰碰。可他每天都要坚持去外面走，医生说只有经常锻炼才能恢复到最好的程度。而这个时候，她并没有停止唠叨，为了让他听得更真切，她做出了一个令人瞩目的举动。

这对夫妇是我的邻居，和他们在一起已经住了十多年了，他们在山上的那次遭遇，我是在女人的唠叨中得知的。事实上，女人每天说的那些话，我几乎都能背下来了，真羡慕男人的好耐性。后来，我们所有人，每一天，都会看到奇异的一幕。他们两个人总是一起出门，在巷子里散步，靠得紧紧的，女人就在男人耳边唠叨，男人却是一副很享受的样子。第一次看见他们的腿，我差点乐出声来。女人的右腿和男人的左腿紧贴在一起，踝部用一根绳子绑着，极像幼儿园里小朋友们做的某种游戏。女人抬脚，带动男人抬脚，就这样一步一步整齐地向前走，伴随着一路的唠叨声。

只是，笑过之后，却有了一种想哭的冲动。这两个人，他们的腿总是在最艰难的时候依偎在一起，那是一种再长的岁月也掩不住的深情。在很多夫妻闹了小矛盾就会劳燕分飞的今天，他们绑在一起的腿迈出的脚步，每一步都会重重地踏在我们心上。于是，再听女人的唠叨，便如天籁。

枫林街月色

我家乡的小城有一条僻静的小街，叫枫林街，可街上一棵树都没有，也不知名字从何而来。街角有一位老人，每天都蹲在那里，守着一个修理自行车的摊子。他很沉默，更多的时候，他就是坐在阳光下，目光穿过整条街道，望向很远的地方。

那年夏天，大家发现老人变得与以往不一样了，白天的时候再不是安静的样子，神情中带着几分不安几丝忧虑，干活也时常心不在焉。夜晚来临，人们常能看见他在街上独自徘徊着，有时便停在某盏路灯下，抬起头看着路灯出神。

老人住在街角的一间平房里，单身一人，晚景很是凄凉。老街坊们对他都很好，谁家做什么好吃的，都要叫他一起吃，或者给他送过去。老人不推辞也不客气，但是到了大家真正有了困难的时候，雪中送炭的，往往是他。

发现老人多日来的反常举动，老街坊们便打算去问问，看到底发生了什么事。大伙来到老人住的平房，发现老人正在看一张发了黄的照片，照片上一个女孩子巧笑倩兮，风情万种。有上了年纪的街坊一看照片，忽然就想起了当年的事来。照片中的女孩是那时枫林街上卖茶王家的女儿，漂亮而善良。老人年轻时也是一个很帅的小伙儿，而且有文化，两人便偷偷地好上了。一到晚上，他们便从家里跑出来，在街上悄悄地说话。那时街道没有现在这样宽阔，两旁也没有高高的楼房。有的只是两排枫树，和天上圆圆的月亮。两个人便在月亮底下，在枫影之中，轻轻地说着心里的话。街上的人们都知道他俩的事，可是谁也不去瞎传此事，毕竟是两个很好的孩子，人们打心眼里喜欢他们在一起。可是，他们的事却遭到了双方家庭的强烈反对，最后，卖茶王家为避战乱搬走了，他们不得不忍痛分手。那是一个月亮很圆的晚上，时隔多年，老人依然记得那一天是阴历六月十五，两个人在月亮下分的手，而月光依然固执地将他们的影子系在一起。

后来，他便一个人在思念与回忆中度日，无论经历了怎样的变迁，他都没有离开过枫林街。他看着一个新时代的来临，看着街上的枫树被伐去，看着街两侧的楼房纷纷涌起。只有他没有变，依然守着纯美的记忆，守着年少的梦想。变的只有容颜，青丝变白发，将沧桑刻在额头心上。

在众位老街坊邻居面前，说起往事，老人依然一脸的幸福。后来，他对大家说："她要回来了，前些日子，她辗转联系到了我，说要回来看看。她已在这个城市里了，说在六月十五的晚上，像当年一样，在枫林街上和我见面。"

众人都说："这是好事啊！您怎么还忧心忡忡呢？"

老人叹了口气说："可是，枫林街上的树都没了，而且，每晚上的路灯都大亮着，最重要的月光也没了。她在信中说，就想看看从前的月光呢！"

人们一时都沉默了，这也许真的要成为永远的遗憾了。

这一天终于到来了，一白天，老人都心神不定，在街上走来走去，既激动又不安。夜在期盼中来了，圆圆的月亮升上来了，可是月光却被各种灯光排挤得无迹可寻。老人在街上慢慢地踱着，路灯将他的影子拉得很长。八点钟的时候，路灯忽然一下子全熄灭了，紧接着，街两旁楼房里的灯也都灭了，仿佛一下子到了深夜。月色如水般涌上来，整个街面一片空明。老人一下子愣了，抬头看着天上的月亮，一脸不可思议的表情。

这时，街对面缓缓走过来一个人，一个在他心中梦想了千百遍的人，一个同样沧桑的老人。两个人越走越近，白发在月光下闪着银光，两个人站在那里，相对无言，月亮在红尘之外温柔地注视着这一对白头男女。而此刻，街两旁的每一扇窗后，都有潮湿的眼睛在凝望着他们。五十年的光阴，现实与记忆在这一刻重叠了。两个人的脸上都淌着泪，亮亮的像细细的溪流。风轻轻地吹着，一切都变了，只有心跳还如当年般澎湃。

每个人的心都澄明起来，因为这穿越五十年的时光的枫林街月色，连同那绵绵不绝的爱，都深深地映进了人们的心里，让人们在劳碌中日益麻木蒙尘的心，得到了一次全新的洗礼。我也希望这枫林街如水的月光，能流进每个人的心中，让世间的每一种真情，都如这不变的月色，年年岁岁温柔，世世代代照耀。

两棵树的天长地久

遥远的当年，一个男知青和一个女知青，在小兴安岭的深山中相爱了，他们用爱悄悄地焐热着那个苍白的年代。

有一次，男知青弄来两株李子树的树苗，他们来到一个人迹罕至的山岭，在山坡上将两株树苗栽下。他们时常偷偷地溜出来，给树苗浇水。看着小树一天天地长大变绿，他们心中充满了甜蜜，这两棵树，就像他们用心呵护的情感，期待着有一天果实飘香、绿荫匝地。

后来，他们都返城了。高山密林中的生活已成为遥远的回忆，而那份宁静也已渺不可寻。在城市中开始新的生活际遇，那是另一种心动的向往。城市的欲望悄悄地占据着他们的心，于是慢慢地有了分歧、有了隔阂、有了太多不曾预料的东西将他们越隔越远。于是终于走到了分手，他们在各自的生活中忙忙碌碌，渐渐地相忘于江湖。

多年以后，他们在追逐中渐感疲累，想起当年的种种，有一种恍如隔世的亲切，而一切都已无法重来，只能在记忆中让曾经的爱一一潮来。曾经心动，已成心痛，曾经心醉，已成心碎，在历经了世事的沧桑之后，才明白当年擦肩而过的，原来竟是最美好的。

他们曾分别来到小兴安岭，追寻着往事的印迹，步入曾经的那座山，那两棵树已经亭亭如盖，并肩站在那里，几度风霜雨雪，几易春秋寒暑，一直不离不弃。他们都看出了满眼的泪水，当年栽下树苗时，两心如一，以为那份爱定可天长地久，而如今，天长地久的，只有这两棵树了。树上已是累累果实，时有孩子来打李子，他们都尝了那李子，甘美甜润，一如曾经的情感。

渐渐地，他们也就释然了。并不是一切都已消逝，毕竟有这两棵树在，而且有了浓荫、有了果实，虽然没有相伴白头，可毕竟留下了这份美好。是的，一切本就是美好，那些遗憾，那些怨怼，就如这两棵树一般，在岁月中终会郁郁葱葱果香怡人。如此，就算不能朝朝暮暮，也是天长地久了。

那两棵树仍在驻守着一份美好，而它们背后的故事和启示，除了那两个人，没有人会知道。可这又算得了什么，只要它们有绿荫有果实，就足够了。把所有的伤痛深埋在地下，把所有的美丽绽放在枝头，爱情如此，万事皆如此。那么，生命中除了美丽，就不会有黯淡和感伤。这也是一种无悔。

你记得我的生日吗

他是一个很内向的人，平时话不多，一般内向的男人都心细，可他却常常犯糊涂，做事也总是丢三落四。而她恰恰相反，快言快语，做事干净利索，甚至有些泼辣，而且心细如发。

也许是性格互补的缘故，两人生活在一起十分和谐融洽。她像照顾小孩子一样照顾着他，大到出席一些重要场合，小到出门前穿哪件衣服，关心得无微不至。他对此感动不已。他对那些琐事没有丝毫的热情，他甚至不知道家里有多少存款，每次把工资拿回来往她手上一交，别的便不去想了。他所需要的东西，她会及时给她买回来，他有用钱的时候，她也会早早地想到。他一直都生活在无忧无虑之中。

那天，他们吵了平生第一次架。下班时，她问他："今天是多少号？”他拿出手机看了看，说：“7月16日啊！”她又问：“那今天是什么日子？”他想了想，摇头。她生气地说：“今天是我的生日啊！结婚这么多年了，你哪一年记着我的生日了？”他苦笑着说：“我连自己的生日都记不住呢！”她说：“也不知每天你都在想什么，连我的生日都记不住！”他说：“可是，每年你都没有因为这个而责怪我啊！”她说：“可是今年开始在意了，我受够你的性格了！”两个人便各自生闷气。

夜里，她忽然转身抱住他，小声说：“以后要记住我的生日啊！”他点头。她接着说：“就算记不住你自己的生日，记不住我们的结婚纪念日，也要记住我的生日！”他再次点头。她就这样抱着他睡着了，就像他会突然离开一样，抱得紧紧的。他心里第一次涌起一种愧疚之感。

那以后，她的工作忽然忙了起来，常常加班或者出差，人也瘦了一圈儿。每次回来，她都要问他：“我的生日是哪天？”开始的时候，他都是茫然的样子，而她脸色马上便沉下来，看到她生气，他很是不解，以前她从不在意这些小事的啊！可他不忍惹她生气，便把她的生日记在纸片上随身携带。可即使如此，他还是常常忘记。有一次，她从外地回来，进门没说上几句话便问：“我的生日是哪天？”他一时想不起，便从口袋里拿出那张纸片看，她夺过那张纸片，撕碎，然后看着他的眼睛说：“我要你记在心里，而不是写在纸上！”看她郑重的神情，他用力地点头。

他终于记住了她的生日。每次她问：“我的生日是哪天？”他都会应声而答：“1971年7月16日！”她便面露喜色。几次之后，她便不再问了。她了解他，他要是记住了的事，便一辈子都不会忘。

他很是高兴，因为又快到她的生日了，今年一定要给她一个惊喜。结婚这么多年，还没主动给她过一次生日呢！可是，那一天终究没能到来。在离那天三个月的时候，她忽然倒下了，再没能起来。弥留之际，她握着他的手说：“家里的存折放在床头中间的柜里，密码就是我的生日！”

她一年前便得了绝症，只有几个月的生命。她频频地加班和出差，是想为他多留下钱。她知道，他是个不会照顾自己的男人，只能多给他留下些钱了。他知道这一切时，她已走了两个月了。

从此，那个日子便成了他心底永远的追思，永远的疼痛。

与妖恋爱

闲读《中国古典小说鉴赏辞典》，在《甄异传》一书中，看到一则小故事。杨丑奴在拔蒲草时，遇一女子，衣着朴素，相貌端正，向丑奴请求留宿。此女子吃的是干鱼和生菜，这一过程中二人颇是眉目传情，在就要就寝之时，杨丑奴发现女子手指短而身有腥气，就怀疑她是妖精。而女子已知他心中所想，跳起来冲出门，变为水獭入水而去。

在一些远古的集子中，人与妖相爱相恋的小说极多。而故事中的妖精，多为女子，或爱上潦倒书生，或与男子有宿缘。而那些女妖大多貌美可爱，性情温和，且具有一定的法力。身为男子，看过那些故事，无法不想象着一场如此怡人的人妖之恋。奈何仙踪不定，梦亦不可寻，徒留遐想。

女妖一般都是善良且敦厚多情，让人明知为妖却不忍猝伤。在《续异记》一书中记载了一则人妖相恋的故事。晋时一个叫徐邈的当官人，有门生觉得其室内夜里有人，却又所窥不见，这个门生有一天晚上便在门口等着，天刚亮时有一物自窗飞出，直入庭前的大铁锅里。门生追着去看，只见锅中有些蒲根，下面有一个大青色蚱蜢，便怀疑是它为妖，但又没听说过类似的事，便摘去它的双翅。这天夜里，徐邈梦见那女子来说："为君门生所困，往来道绝，相去虽近，有若山河。"徐邈甚感凄惨伤感，后来他知道了事情始末，伤感如故，也不因女子是妖而去扑杀那只受困的蚱蜢。

可见女妖初成人形，极为向往尘世爱情，纯真朴实过于深闺少女。而修成仙的一般则绝少爱恋之情，即便有，也是来世上度情劫。所以还是挺赞赏故事中那个徐邈的，至少他一往情深，至少他不忍加害。所以蚱蜢之灵虽受创，也算是幸福。

与女妖相恋好处极多。貌美自不必说，她们更可使用一些法力帮助你脱贫或成就功名，或者预知你的灾厄，助你平安度过。更有甚者，她们修成仙体之后，会度你成仙，做一对神仙眷侣。如此又如何不诱人痴想？而即便你是一个薄情寡性始乱终弃之人，也无妨，她们大多不会因此报复，一旦你变心，她们会认为与你尘缘已尽，飘然而去，更善良些的，还会为你安排好许多后事。就算当你知道她们身为妖孽想要加害之时，也不会对你先下手，而是倏然远遁，如前面故事中的水獭精。更有的会余情袅袅，在你百年之时，来渡你而去。

由此可见，如遇女妖，大可放心地去恋爱。也由此可看出，男人的心地复杂与险恶，身为男子，想到此节便会汗颜。而这也影响到了男妖的声誉。古籍之中关于男妖与凡尘女子相爱的，大多受伤的是女人，男妖无不暴虐狂躁反复无常，常负芳心。如此，可知无论男人还是男妖，都没有女妖女子可爱。对比之下，作为一个男人，还是幸福的，不会为女妖所伤，而尽可去伤人。

于是神飞不已，如《聊斋志异》中所记之男子，夜宿荒郊或弃院，冀与女鬼女狐相逢。只是妖踪杳杳，可遇而不可求。试想一下，如果一日真有女妖含笑入帘，你心知其妖，可还真敢与之相恋相伴？男人大多是叶公，更多的时候，也只是想想而已。

执子之手

一个秋天的傍晚，我去一所大学看望一位前辈，从他那里出来的时候，已是星月满天，微凉的风轻轻地在耳畔流淌，仿佛把自己在大学里的那些葱茏岁月也吹拂到眼前。于是脚步慢下来，怕惊飞那些栖息着的往事。

天上一轮满月，清辉四溢，片云微渡，越发静谧澄澈。穿过那个大操场时，地上如积了一层空明的水。忽然看见两个人站在看台顶端的边缘上，手紧握在一起，抬头凝望那轮圆圆的月。在月光的背景下，如一幅静静的剪影。

刹那间心头就像起了雾一般，穿行着无数的过往。十几年前，在这个酷似从前的秋夜，在圆圆的月亮底下，我也曾这般微笑地拉着一个女孩子的手，望月不语。那无言的时刻，两心相映，如月般迥而无尘，彼此间流淌着的，是心底似水的柔情。那一刻，曾想过，就这样执手站到地老天荒，任沧桑在眼中幻灭，只有爱情是最真实的存在。于是心底有了浓浓的感动与感激，发誓要珍惜这份情缘，就算世事如何变幻，永不改变。

可是，最美的时光总是走得最快。当那份爱情失落在一个雪花飘飞的季节，才相信，在这个世界上，真的没有什么是不能改变的。记得那个冬夜，大雪初霁。天上依然有月，依然朗朗的圆，我们站在月亮底下，却已经散了那份牵手的缘。还是那月亮，还是那个人，周围却已是无边的寒冷与肃杀。望着那轮当初代表着圆满的月，她却说出了另外一句："今晚的月亮圆得像个句号！"心似乎碎成了一地的月光，而月光，还在固执地将我们的影子系在一起。

那以后的许多年中，月亮在我心中从未圆过，再也遇不见当初的夜晚，当初的情怀，是啊，一生中能有几回那样的夜晚。失去了另一只温暖的手，我感受到的，只是满袖的凉风。曾经以为可以一生一世牵着的手，风云过后，只剩下独自的守望与凄凉。那是多年才养好的伤，结了疤之后，在某些时刻，仍会阵阵的痛。

可是，在这一刻，凝望着那对牵手的人，嘴边也不知不觉地绽出一朵微笑。仿佛可以听见他们真诚的心语低诉，是的，这一刻，永远是最真实的。哪怕他们以后要面对分别的伤怀，有了这样的一刻，便也足够了。年年岁岁，月亮底下总会有人在倾心，也总会有人在分别，只要真心地去爱过，只要留下那样无悔的时刻，便是地久天长了。

心中轰然一声，消融了多年坚冰，涌动着温暖的情愫。

再没有了那些怨怼，再没有了那些遗憾，有的，只是美好的回忆与真真的祝福。是的，有过那样一个真实的执子之手的夜晚，有过那样一个两心如一的真情瞬间，就算被命运分开，就算不能与子偕老，也是死生契阔，也是无悔无怨。而天上的那轮满月，就是遥远青春中明明白白的心。

看着那对牵手忘情的恋人，我心里温柔地充满了谢意，满天的星光月色也闪烁着无尽的温情。此刻，我的心里，只有感激，只有感谢。

至深至浅清溪

纵览唐诗，每有佳句触动心扉，诗人的容颜便会穿透千年的时光，如水般漫上心头。李冶是唐代不多的女诗人之一，每每读她的诗句，浮现在眼前的，是一个发髻高挽一袭青衣的形象，飘然不惹红尘，静若出水之莲。

她是中唐的女道士，工翰墨，善弹琴，幽居之间常以诗句自娱。每天每天，她独对寂寂山水，闲暇之时便抱琴而弹，“一弹既罢复一弹”，直弹得松风无语、明月高悬，才怅然而起，让微不可闻的叹息融入长夜。她亦时常揽镜自顾，青丝红颜依然，而心已秋。于是回想前尘，挥不去的种种如潮漫涌，躲得过凡尘，却躲不过寂寞。

孤高出尘的李冶，常自喻为巫山神女，可见在她的生命之中，亦曾有过至情至性的火热。而云烟散尽，耳目清明，心却陷入云中雨里。那段了却了的往事，辉映着她绝美的年华。那个时候，她如许多女子一样，在心底编织着最美的初相遇。而那一刻终于来临，她却于猝然之间不及去抓住点滴的感动。透过岁月的风尘，我始终看不清那个叫朱放的男子的身影，却知定是深情之人。李冶曾写过几首送别的诗，于其中一首里，我窥见了真情流淌。“离人无语月无声，明月有光人有情。别后相思人似月，云间水上到层城。”那份相思，如月色弥漫，哪管人间天上，无远不至。只从留别之中，便可见其情之深、情之浓、情之不可断绝。

可是世事沧桑，那个让李冶念念情深的朱放，终是一去不返。守望而无望之后，李冶垂眉黯然。她的命运因其才华而迥然，她六岁那年，写下了一首诗，其父看后既惊且忧，惊其才，忧其心，认为她小小年纪便春心萌动性情不宁，此后必为失行妇人。便于她十一岁那年，将她送入剡中玉真观做了女道士。那一次的美丽相逢，就是在李冶为道后情窦初开的年龄。那些清规如枷锁般，将一颗渴望爱情的心困囿。

李冶在最美的年华里，心中情感的河挡也挡不住，当时的一些名士才子，如刘长卿、陆羽等，都与她相从过密。可是繁华落尽之后，剩下的只是世人的白眼，李冶终于了悟，恍若从一个梦中醒来，尘世间的熙来攘往，在她眼中如尘埃飞舞。于是在一个柔柔的春日，走出了玉真观，离开的那一刻，那些美丽过和美丽着的，在她身后纷纷凋零。

李冶真正地远离了尘嚣，过了一段无扰的时光。如果能与高天明月为芳邻，让岁月于拂弦浅吟之间逝去，也算是静美。可是天地之大，风雨无孔不入，况乃她又涉世一遭。她心动之际，去长安寻访一闺中至交，却不想正值朱某之乱。也有流传说，她去长安是奉唐玄宗之召，不过细思之，似是不妥，卸尽铅华超然物外的她应该不会再入宫门一遭，况乃她此时已年过不惑。总之她是到了长安，而长安却如飘摇之舟。她目睹流离，上诗给朱某，浅吟间有劝诫有点醒，却无意间触及了唐王朝的痛处。乱平后，德宗鉴其上朱某之诗，大为震怒，下令将李冶处死。至此，她情深情淡的一生走到了尽头，在生命的最后，用一腔热血绽放了最美的一朵花。

在去长安之前，李冶数尽前尘，终运慧剑斩断羁绊，唯长安一愿未了。当她最后一次将往事在心中重演后，纵目四望，微笑着写下了这首清浸后世的名诗《八至》：

至近至远东西，至深至浅清溪。至高至明日月，至亲至疏夫妻。

我似乎能看见她当时的微笑，那眼波流转千年，如一泓清溪，而她的生命又何尝不是如此，如是深情，如是纯净，敢爱敢恨，出世入世之间，皆是浓得化不开的眷恋与凄清。

杯水之爱

最初的相识，是在他刚来这家公司的时候，和她在同一间办公室。她的美丽与安静，给他留下了深刻的印象。她很勤快，虽然办公室里只有他们两个，可是打水扫地一类的活儿他从未动过手。有时刚想去干，她便温柔地把活接过去，说这些活女孩干比较适合。

每天的早晨，她都会早早地来到办公室，里里外外地打扫一番，然后在他的杯里倒满开水晾着。她知道他不喝茶，只喜欢白开水。每天他来到办公室，那水温刚好适合，他一边喝，一边冲对面的她微笑致谢。

说不清是从哪一天开始，两个人拉开了相知的序幕。恋爱的时候，她曾问他："为什么会爱上我？我所给你的，只不过是每天早晨的一杯清水而已！"他轻拥着她说："就是这一杯水让我看出你的善良与纯洁，而且，水是生命的重要物质，我这一辈子都离不开那一杯清水了！"那一刻，她感动得直想流泪。

后来，两个人结婚。有那么一段日子，他们过得柔情似水，所有的时光都是命运赐与的美好！可是最美的时光总是走得最快，当他有了自己的事业，并活得头角峥嵘时，外面世界的繁华渐渐侵入他原本平静的心。当新婚的甜蜜还能清晰地在回忆中回味，他却已无复最初的感动之心。随着时光的流逝，他愈发觉得两个人之间的平淡与乏味，一成不变的家庭生活就像一汪死水，让他有了很深的厌倦感。

再后来，和许多成功的男人一样，他在外面寻回了生命的激情。他和她终于也走到了分手的一天，而此时，他们的婚姻已走过了六个年头。就这样无声无息地分开，那么多的日子就像一滴水蒸发在空气中，仿佛从没有来过。起初他有一种鱼归大海的自由感，再没什么可以阻止他享受激情。只是偶尔会在无眠的夜里，想起她，心间会划过一丝浅浅的伤感。

当繁华落尽，激情如潮水般消退，想起清纯如水的她，才有了重重的落寞与歉疚，才有了痛。怀念当初那一杯开水的幸福，才猛然惊觉，那些给予了她激情的女人就像一杯杯烈酒，醉过后就是无尽的失落。前尘若梦，所有的一切都已无法一一重来，独自的夜里，思念像蚕慢慢噬咬着他的心。

那样的时刻，他才在无尽的愧悔中明白，原来那年那月的那一杯清水，才是他一生的最爱。

崔修建

文学博士，《读者》《青年文摘》《格言》等期刊签约作家。现为哈尔滨师范大学文学院写作教研室主任，硕士研究生导师。曾在国内外数百家报刊发表各类作品四百余万字，被《读者》《中外文摘》《视野》《意林》等报刊转载八百余篇，有数十篇作品入选一百一十多种教材及教辅书籍，多篇作品入选多个省市的中考、高考试卷和模拟试卷。作品曾入选《名家散文精选》等四百多种选集。已出版个人作品集《爱那么短，爱那么长》《有一种花叫不谢》《左手智慧右手爱》等十八部，与人合著《人生锦囊全集》等四十多部，编著教材《大学写作教程》等。

他依旧

她是一个慈眉善目的老人，八十多年的风风雨雨过后，她成了那个儿孙满堂的大家庭里最年长的老人。

她的夕阳岁月，是平和的，温馨的，每日里，在庭院里浇浇花，到公园里散散步，或被儿孙们领着逛逛街。一览无余的幸福，绽在面颊那深深的皱纹间。

偶尔，她会遗憾地慨叹一两句："傻瓜，走那么早干啥？还有那么多的好日子没享受呢。"

她嗔怪的"傻瓜"，是她死去的丈夫，他在五十五岁那年，被一次车祸夺去了生命。那天，他本没有打算回家的，突然决定挤上那台严重超载的货车回来，他是想给她一个惊喜，因为那天是他们的结婚纪念日。

捧着那枚沾着丈夫鲜血的红发卡，她哭得昏厥过去。两天里，粒米未沾，一个人呆呆地坐在屋子里，纷纷往事不邀而至。

其实，她当初嫁给他是不情愿的，很有些被侮辱的色彩。姻缘的开启，是一次酒宴上，她的父亲与他的父亲打赌输了，一向温顺的她，便成了父亲一诺千金的赌注。

她也曾流泪抗争过，最终，她没能扭过父亲这个说一不二的倔强男人。

既然嫁了，就和丈夫齐心协力地过日子吧。她的勤快、大度、坚韧等一系列的优秀品质，便很快就显现出来。自然地，她赢得他家里家外的一致赞赏。丈夫待他也好，很心疼她，虽然生活始终拮据着，却不妨碍他们恩恩爱爱，将一个个清寒、朴素的日子，过得有滋有味。

丈夫去世后，身子柔弱的她硬是撑起了那个大家庭，伺候公婆安享晚年，操持儿子的婚姻，照顾孙辈，直到八十岁了，大家的生活都好起来了，她才开始轻闲下来。

八十五岁那年，她突然中风失语。如果不是她那天的一个反常的举动，所有的家人或许永远都不会知道，她心灵深处，一直刻骨铭心着另外一个男子。

那天，孙女在朗读《意林》杂志上的一篇文章，读到一个叫亚轩的名字，卧床多日的她，竟突然挣扎着坐起，急切地示意孙女把杂志拿给她。孙女疑惑地将杂志递到她颤抖的手上，看着她沧桑的手指，轻轻地抚摸着文章里的那个人名，眼睛里闪烁着泪花。

孙女惊讶：祖母怎么了？为何她那么敏感于那个叫亚轩的名字？

于是，孙女去问家里的长辈们，在大家零零散散的回忆里，孙女知道了她的那段难以忘怀的特殊情缘。

原来，在她十八岁那年，她的一位远房的表哥，从省城偶尔来乡下串门，情窦初开的少女，面对英俊的表哥，不禁情愫暗生。聪慧的表哥看到她那欲语还休的羞涩，也越发地喜欢上了眼前这位清纯无比的表妹。

四目相对，两个人眼睛里流淌着彼此都懂的深情。

只是，彼此尚未来得及表白，表哥便回省城了，临行前送她一方绣了梅花的白手帕，她赠给表哥的是一枚红色的纽扣。

后来，表哥去了国外读书，工作，定居，她嫁人，生儿育女。从此，她与表哥音讯断隔，仿佛从未相见过。表哥的名字就叫亚轩。而这些，都已是六十多年前的旧事了，她从未提起过这些，似乎往事早已消逝如烟。

孙女陡然想起了白居易的诗句“老来多健忘，惟不忘相思”。读中文系的孙女立刻明白了：祖母嘴里从未提起亚轩，但她心里却始终记得那位缘悭一面的表哥，无论时光怎样地流逝，他依旧是她心头抹不去的美……

一天，孙女不经意地看到了她的那个古旧的首饰盒，怀着好奇，打开来。在一个蓝手帕里面，包裹的正是表哥送她的那方白手帕，虽然颜色有些发暗了，但那上面的梅花依然开得浓烈。手帕里藏着一张纸，上面是墨色浅浅的三个字：他依旧。

哦，他依旧。孙女的目光被那三个字攫住：原来，那段往事，一直在祖母内心里深深地埋藏着，无论怎样的红尘滚滚，他依旧是她生命中无法割舍的。而究竟什么是真爱啊？是她与丈夫相亲相爱的人间烟火味的那种？亦是她与表哥无法言说的默默珍藏？

他依旧。爱依旧。

爱一回，暖一生

如果是动心的真爱，爱一回，就能温暖一生。

他与她是在旅途上遇见的。炎炎夏日，丝绸古道上，举目四望，尽是干渴的戈壁滩。突然，她的越野吉普抛锚了。她赶紧下车擦一把汗，取了备用胎，准备换上。他的车本已开过去了，又马上倒了回来。他下车，动作娴熟地帮她解决了麻烦。

几句交谈，两人惊喜：他们去的目的地一样，于是，两车结伴而行。

车到张掖，他的大学同窗已做好了接风准备。他邀她一同前往，她推辞了一下，见他很真诚，便欣然同意了。奔波了十多天了，她也想放松一下，或许还能在酒桌上结识一些新朋友。

那晚的酒，大家喝得很开心，她的幽默风趣，活跃了酒桌的气氛。而她的好酒量，也赢得了一桌子男女的普遍好感，都说她不愧为一个洒脱的行者。

在酒泉分手时，他说了一句话："好妹妹，你走了，我会想你的。"

她一脸的阳光："这样亲切的话，我喜欢。"

再后来，他们有了一段浪漫无比的爱情。两个人一起驾车去了危险丛生的达喀尔，穿越了"死亡之地"罗布泊。她说，她愿意跟着爱走天涯，不管前面的路上有多少磨难。

但那样幸福的时光，只有短暂的八个月。他在那次毫无征兆的空难中，猝然而去。而她，那天正从另一座城市开车前往伊春，准备与他会合，一同游览那个"可以作为故乡的地方"。

那天，她对我说："他走了两年多了，我却依然感觉他还在身边，还在陪着我一路前行。"

我说："一位高僧说过，爱一回，要暖一生。"

她点头："这话说得真好，他也说过，一朵花不止会芬芳一个春天。”

我惊讶她胸前垂挂的“沙漠玫瑰”，那是我所见过的最美丽的佩饰。她说那是他从撒哈拉沙漠找到的。戴着它，她能真切地感觉到他的温暖。而此时，她正新婚燕尔。

有人说，无论多么深的感情，都是会被时间流水冲淡的。然而，她的一言一行，却分明在生动地告诉我们，即使爱走远了，那爱的温暖，却可以阳光一样，一直陪伴着自己。

2008年的汶川大地震，若楠在一夜之间失去了五位亲人。那时，她正在读研二。给了若楠百般呵护，让她从巨大的悲伤中走出来的男友，却在一次体检中，被宣布得了可怕的白血病。男友来自青海省西部的一个偏远的小村，家境极为贫寒，读大学时的贷款，尚有三万多元没有还上。

面对那张冰冷的病历，若楠泪流满面：“你要挺住，我想办法帮你凑集治疗费用。”

男友笑着安慰她：“要挺住的是你，答应我，你一定要学会爱自己，好好地活着。”

两个月后，男友平静地走了。在他生命的最后时刻，除了抱愧养育自己多年的父母，他最牵挂的就是若楠，他眼神里的依恋和关切，一想起来，她的心就会涌过一阵温暖的疼。

研究生毕业后，若楠本可以留在省城工作，她却毅然来到男友的家乡，当了一名清苦的中学教师。她现在的丈夫，是她参加工作后认识的，年龄比她大八岁，是一个很憨厚的铁匠。她爱上他，一个很重要的原因，是他愿意和她一起照顾男友的父母。

若楠的同学见到她那面相苍老的丈夫，有些惋惜她的选择。她却幸福地告诉同学：“其实，我第一眼看到他时，就爱上了他，因为他的眼睛里有春天一样的温暖，就像一直活在我心底的第一个男友一样。”

原来，如果真的爱过，即使爱的人走了，那爱，也会依然久久地温暖此去的人生。

曾阅读过无数风景旖旎的爱情故事，我最喜欢的，还是那些温暖绵长的，那些连时光都肃然起敬的温暖，无疑是对爱至真至善至美的最好诠释。

此岸情，彼岸花

第一眼看到她，他便被她的美丽震慑住了。那时，他还只是一家小工艺品公司的勤杂工。而她却以出色的艺术才识，成为那所大学里最年轻的副教授。

当时，极度自卑的他不敢向她表白心中的爱慕，甚至不敢坦然地迎向她明净的眸子，生怕她一下子看轻了，从此淡出他的视野，他却是渴望与她一生相伴的。可是，年轻的心湖，已不可遏止地泛起了爱的涟漪。从此，他再也无法将她从心头挥去。在那个寒冷的冬天，对于孤寂地寻觅人生前路的他来说，她不只是一团温暖的火，还是一盏明亮的灯，给了他明媚的方向和神奇的力量。

在他借宿的那个堆满杂物的零乱的仓库里，他生平第一次拿起画笔，像一个小学生一样认真地画起人物素描，而他画的第一个人物就是不断地在脑海中浮现的她。他说：“她无与伦比的美，是我今生所见到的最超凡脱俗的美，它属于经典的名画，属于永恒的诗歌，是应该以定格的方式传诸于世的……”

终于鼓足了勇气，他将自己幼稚的画作拿给了她，她只是那样礼节性地说了两个字“还好”，便让他受了巨大的鼓舞，感觉到自己有一天也能在艺术上有所建树。他暗自告诉自己：暂且把炽热的爱深藏起来，努力再努力，尽快做得更出色，以便能够配得上她的出类拔萃。然而，他又担心等不到他成功的那一天，她便已芳心有属，那样，他就会遗憾而痛苦地面对无奈的结局了。那些进退俱忧的烦恼，搅得他一时寝食难安，仅仅两个月，他便消瘦了二十多斤。最后，他还是把真挚的爱燃烧成一首诗送给了她。她那样优雅地回了一句感谢，并坚定地告诉他——他们的关系只能止于友谊，而不是爱情。

对于她理智如水的拒绝，他虽有丝丝难言的苦涩，却没有一点点的抱怨，反而有深深的感激，因为她自始至终都没有做错什么，她有她的方向和自主的选择。或许自己足够出色了，她才能够明了自己的那份横亘岁月的深爱。于是，他离开了省城，去了北京，又漂洋过海去了欧洲许多艺术圣地，开始四处拜师学艺，开始埋头苦练画艺，常常为了绘画达到忘我的境地。

就在他忙碌着在巴黎举办个人画展时，他收到了她婚嫁的消息。虽然早已想过会有这样的结果，早已想过会有伤感不绝如缕地涌来，只是没有想到巨大悲伤竟会汹涌成河，让他几乎彻底崩溃。他呆呆地坐在塞纳河畔，一任秋阳揉着满脸的忧郁，一任往事怅然地拂过，失魂落魄的样子，像一株遭了寒霜的枯草。

好不容易止住了心头的怆然，他给她写下的祝福简短而真诚："相信你会拥有幸福的爱情，因为你的美不只是外在的，还有你的思想，你的灵魂，最爱你的人会将你独特的优秀看得清清楚楚。"

再相逢时，他已是闻名海内外的艺术大师，他风格独具的作品正被拍卖行高价竞拍，被世界各大著名艺术馆争相收藏。而她正在那份不好不坏的婚姻里，品味着世俗生活的苦辣酸甜。终是无法割舍的情怀，让已阅读了无数沧桑的他，再次坐到她面前的那一刻，仍手足无措地慌乱，连面前的咖啡都有了一种别样的滋味。那天，他送给她一幅题名《永远》的油画，画面上那条悠长的小巷，在默默地诉说着他脉脉的心语，澄明而朦胧。

她提醒依然孑身一人的他应该考虑成家的问题了，他看到她眼神中倏地滑过的一丝怅然，点头道："是啊，有情岁月催人老，不能总是在爱的路上跋涉，可是……"他的欲言又止，像极了那些留白颇多的绘画，他不说，她亦懂。

当他得知她的丈夫在漂流中遇难的消息后，迅速终止了重要的国际艺术交流活动，第一时间从意大利飞到她身边，不辞辛苦地忙前忙后，帮她料理后事。有人问他为什么要那样，他说他已经把她当作了自己最亲的亲人。她感动而感激，但对于他依然认真的求爱，她仍是干脆的两个字——拒绝。

她没有给出理由，似乎也不需要理由，就像他对她的一见钟情，几十年的红尘岁月，非但没有冲淡那份爱，反而让那份爱变得更深沉、更绵长。尽管她的一再拒绝，让他品味到了许多酸涩，品味到了许多苦楚，可是，他由此体味到了难以形容的甜蜜。在希望与失望的跌宕中，在痛苦与幸福的交织中，他咀嚼着一份无怨无悔的真爱。他说她是他的彼岸花，始终在那个距离上美丽着，芬芳着。

有评论家赞赏他的作品鲜明的艺术风格——总是那样明媚而热烈，即使偶尔有一点黑色的阴郁，也总无法掩住红色的希望……很少有人知道，他是怎样蘸着苦涩，一次次地描绘着渴望的幸福，更难有人能够体会到，当他的画笔酣畅淋漓地游走时，他内心里又澎湃着怎样的爱的大潮。

再后来，他与法国画家乔治·朱丽娅结婚，定居法国南部小城尼斯。但始终与她保持书信联系，他们的情谊愈加深厚。她曾意味深长地说，没能与他牵手，或许不是她今生最好的选择，却让她拥有了一生的幸福。

她五十五岁那年，因脑出血溘然辞世。闻讯，他把自己关在画室内，一口气画下后来有人出千万美元他也不卖的绝作《彼岸花》，并宣布从此退出画坛，不碰丹青，隐居国外，谢绝任何采访。

他就是上个世纪著名的油画家任千秋，她的名字叫谢小菊。他们的爱情故事，就像他最后的杰作那样——如今，那些美丽虽然已是彼岸的花，但隔着岁月，向我们绵绵吹送的，依然是时光也无法更改的温馨与美好。

满屋的太阳

那时，他还只是一个非常普通的煤矿工人，经常要下到数百米深处，在漆黑的世界里面采掘光明。那工作，脏，苦，累，还有一定的危险。

而那时的她，没有固定工作，主要是照料一家老小的生活，只是偶尔在矿上的一个服务公司做一些零工。其实身体瘦弱的她，每天要操劳的事情也很多，也很辛苦，她却感觉很幸福，说自己嫁了一个知疼知热的男人，是前世修来的福分。

他经常会给她讲一些矿井下的事情，主要是他和同事们的一些让人轻松的事情，比如谁一顿饭消灭几个大面包，谁系了老婆的红兜兜，谁的旋采技术多棒，谁最先发现了特等焦炭，他从不讲瓦斯浓度过大差点儿引发爆炸、掌子面剧烈摇晃等危险的场景。然而，聪颖的她，还是能感觉到井下环境的恶劣，她只是佯装不知。

她的勤快在矿区是出了名的，他升井回家，她什么活儿都不让他插手，他要帮她，她便拦住他，你好好歇歇吧，有工夫多晒晒太阳，对身体好。

那个寒冷的冬日，他一进屋，便看到她正在窗前认真得像一个小学生似的画着一轮太阳，硕大的，金灿灿。

他好奇地问她，怎么突然画起太阳来了？

她柔柔地对他说，现在是冬季，天短了，你每天下井前见不到太阳，升井后也见不到太阳，担心你一整天在黑暗中工作会冷、会恐惧，便画了太阳，你每天下井前，看一看它，心里可能会暖和一些。

哦，是这样啊。他目光停在她和那轮太阳上面，第一次发觉她的浪漫，像一个诗人。

那时，他和她刚刚三十，彼此恩恩爱爱，将一份艰辛的日子过得温馨飘溢。

时间过得真快，一晃二十年过去了，儿子已大学毕业在京城找到了工作，他已成为一名管理数百人的矿长。他们搬进了宽敞明亮的大房子，还买了小车，在银行有了可观的存款。日子真的是一天比一天好起来。

但是，不幸猝然降临——她去市场买菜时，遭到一个精神病患者的突然袭击，一块石头砸在她的脑袋上。经过数月的救治，她总算走下了病床，却痴傻得连他也不认识了。

他毅然辞了工作，带着她辗转了国内那么多的好医院，仍没能出现期待的奇迹。她除了每天傻吃傻喝，便拉着他的手去晒太阳，无论春夏秋冬，无论天晴天阴。看到她呆傻的样子，他的心里有说不出的疼痛。

但有一件事，可以让她静静地待在屋子里，那就是画太阳。只要一说画太阳吧，她就会坐下来，像从前那样握着画笔，在纸上一丝不苟地画一枚枚大大小小的太阳。画好了，还问他是否好看，见他点头，听他说好看，她就开心地笑了，然后把画好的太阳贴到墙上。她边贴边念叨，看一看太阳，就暖和了。

很快，他们所有屋子里都贴满了她画的太阳。实在贴不下了，他便在晚上悄悄地撤掉一些，腾出地方来，让她把白天画好的再贴上去。

有时，她会很乖巧地坐在他的怀里，指着贴满屋子的太阳，快乐地自言自语：真好，有这么多的太阳，你一定不冷了。

是的，不冷了。他轻轻地搂着她瘦削的双肩，宝贝似的。

时光缓缓地流淌。他早已习惯了每天看着她画太阳，帮她贴太阳，跟她一起欣赏那些太阳，再悄悄地收起那些太阳。一天又一天，一年又一年，从白发杂生到两鬓如霜。

一枚枚融了深情的令人心暖又心酸的太阳，照耀着她病后的爱情生活。

二十二年后，她坐在窗边，拍着手，看他往墙上贴刚画好的太阳，突然，头一歪倒下了，再也没有醒来。那一刻，满屋的太阳，似乎都暗淡了光芒。

她走后，儿子要接他去北京居住，他摇头：我还想留下来，再陪陪你母亲，我怕她孤单，怕她冷。

他把那些标了日期的太阳画一一地打开，按着时间的顺序，从卧室一直满满地铺展到客厅。逐一轻轻地抚摸过去，宛若抚摸着尚未走远的一个个鲜活的日子。他的心海，涌过缕缕的温暖。

他将她的第一幅画和最后一幅画放到一起，久久地凝望着，他看到了他们半个多世纪的相濡以沫，正如那满屋的太阳，简单而丰富，平凡而精彩。

很少有人知道那满屋的太阳，就像很少有人知道他们的爱情，但是，他和她有过，珍惜过，唯此，他们可以骄傲地告诉世人——在人群中他们多么普通，在生活中他们多么平凡，在爱情上他们多么富有。

爱那么短，爱那么长

那是豆蔻年华，偶与家人前往江南水乡探亲的他，在那意境幽幽的小巷深处，遇见了人面桃花、青春灼灼的她。四目相对，时光骤然停顿。仿佛前世的千百次凝眸，只为着彼此那一刻美丽的一握。

无需太多的言语，两双若水的明眸已奔涌出绵绵无绝的情思。

然而，他最终未能拗过严父厉母的执意，身为长子的他必须得去大洋彼岸的美国读书，必须接受父亲与那位世交早已指腹为婚的姻缘。尽管，他也曾苦苦相求，甚至不惜以死抗争，但最后他仍只能是无奈地远走，纵然心中塞满了苦楚，带着百般的不愿，千般的不甘。

而那一别，竟是永诀。他与她的爱焰火一样，只那么耀眼地一亮，随后便是久久清凉无比的寂寞，再无人知晓，无人记得。

如今，已年届九旬的他突然患了重度老年痴呆，常常莫名其妙地笑、哭、闹，常常做一些让儿孙们心疼又无奈的傻事，儿孙们从国内外寻来了各种药物和偏方，疗效均不明显。

某一天，小女儿不经意地提到那块伤心地——他曾情窦初开的江南水乡，他立刻安静下来，浊泪打湿了青衫，神志似乎也突然清醒了许多，他开始旁若无人地讲起与她共同拥有的那段美妙时光，他的记忆如此清晰，甚至记得每个纤小的细节。他还在深情满怀的讲述中，不时地插进几声感慨，譬如：她的眼睛是会说话的，她的手天生就是弹琴的，她的背影都是一幅画啊……

已尘封了七十多年的往事，再次新鲜地走来，将他拉进了那个美好摇曳的世界，痴呆的症状竟神奇地减轻了许多。从此，儿孙们开始有意地往那个话题上引，而他总会像突然换了一个人似的，思路清晰地向大家讲起那段美丽而短暂的爱情，一次次地乐此不疲，孩子一样地认真。

爱那么短，短得只是昙花一现；爱又那么长，那么多的沧桑走过，那么多往事已如烟散去，初恋女子的一抹笑容，仍摇曳在他余生的每寸光阴里，像沉淀下来的金子一样，在静水深流的岁月长河里熠熠生辉，一如碧海青天那些亘久粲然的星辰。

爱那么短，甚至还没有来得及开始便已结束；爱又那么长，像大大的线团，缘着一个抖开的线头就会抽出绵绵不断的情思，纵然眼睛已经苍老，但爱的泪水永远年轻，永远闪耀着动人的光泽。

流连在那一片明媚中

古城，细雨斜风，青石板逶迤的小巷，即将负笈涉洋渡海求学的他，在向她絮絮地叮咛：等着我，等着我回来。

早已心泪成河的她，强忍别离的伤感，使劲地点头：保重，一定快一点回来，快一点回来。

那依依不舍的情景，转瞬便已定格成一帧斑驳的黑白照片。真的是红颜弹指老，六十年的烟尘岁月，流水一样无情地带走了他灼灼的青春。然而，记忆却始终在顽强地浮现曾经的点点滴滴，那些不邀自来的往事，仍花朵一样如期地开着，一片一片，温馨而美好。

他记得，那是桃花盛开的时节，她的低眉的羞涩，如诗，偶到江南的他，只那么一回眸，心便荡起了层层涟漪。而情窦初开的她，也一样心潮难平。

于是，彼此很快就走近了。他跟着她一次次走过那座古城弯弯曲曲的小巷，听她慢慢地讲述祖母浸着古典韵味的爱情故事，讲述她美好纯净的童年。当然，她也会静静地坐在城外的古河道上，津津有味地听他的那些有趣的少年经历，听他声情并茂地为她朗诵那些古代和现代的诗篇，虽然她不是十分懂得那些诗句的意思，可是，那里面流露的活泼、鲜亮的美，她能够真切地感觉到。

她爱恋地望着他：真好，你知道那么多的诗文。

他深情款款地：你喜欢，我会为你写下更多更美的诗文。

他真的写了，本来就才华不凡，又有了柔情蜜意的滋润，很快，许许多多优美的语句，便从他的胸腔里汩汩地流淌出来，他只需将它们一一地认真抄录下来，就是一首首扣动心弦的诗篇。他自己先是被感动了，她亦感谢上苍，让她不仅有缘遇到了他，更有幸彼此相爱了。

不曾想，当年“执手相看泪眼”的分别后，因战争、地震、搬迁、家庭阻挠等等种种原因，他和她竟完全失去了联系，仿佛那些诗情画意的曾经，都由此成了彼岸朦胧的晓风残月，成了一触即碎的晶莹露珠。

然而，他怎么能够忘怀她呢？虽然已是耄耋老人，已定居澳大利亚，他仍揣着那张早已泛黄的照片，豆蔻年华的她，始终是他心头最美的一朵花，一直绽开在他的那些美丽的诗文当中。为此，他毫不犹豫地错过了许多希望走近他的女性，其中不乏十分优秀的女子，一直一个人抱着不褪色的往事生活。

有一位电视台记者知晓了早已是著名学者的他还有这样的一段特殊的情感经历，大为感动之余，记者想为他特别策划一期节目，起名曰——寻找永不消逝的真爱，甚至特别精心地准备创设如此美好的情境：诗意的古城，依依的垂柳，悠悠的河水，新旧错落的照片，古典与现代交替的音乐，不同年代的诗句……他行走着，回忆着，找寻着……

当记者提出可以借助现代媒体的巨大能量，帮助他找到始终难以忘怀的她时，他却出人意料地拒绝了。

为什么？难道你不想知道她现在哪里？不想知道她后来的故事吗？记者困惑不已。

知道了又如何？还不如这样流连在曾经的往事中，让明媚的记忆，一直暖着心。阅过无数沧桑的他，以超乎寻常的淡然缓缓地说道。

是啊，就算是能够找到她又如何？既然时光不曾暗淡初恋的那些美丽光泽，就把曾经的那些明媚好好地珍藏吧，就在一遍遍地对往昔深情的抚摸与回味中，一次次走回永远不老的青春岁月，一次次走进爱情芬芳的心灵花园。

浅爱，深喜欢

她喜欢他，从第一眼见到他开始，就无缘由地喜欢上了他，仿佛前世结下的缘。

虽是偶然的邂逅，他也根本不知晓，她迷恋的目光，追着他走出了很远很远，他的身影，再也无法走出她荡漾的心海，她以千般柔情、万般爱意，将他一遍遍温柔地抚摸。

期许再次惊喜地遇见，她特意绕了远，步行五百米，到他单位附近那个站点等公交车。一次又一次，她刻意地准备，等到的却是怅然的失落，好像他在有意躲避，她选对了地点，却没能选对时间，她竟然再没碰见他一次。

那一日，她与好友说起他，似乎他成了这个世界上最完美的男子，她眉宇间写满了欢喜，像一个突然陷入了热恋的少女，她说话的语气里都散着浓郁的花香。

女友惊讶地望着她：你可是刚刚结婚呀，难道这么快就移情别恋啦？

她嫣然：只不过是喜欢他，根本谈不上恋，更说不上爱了。

女友善意地提醒她：喜欢也是一种爱，喜欢还是通向爱的桥梁，你这个文艺小女生，向来喜欢浪漫，可一定要把握好分寸啊，千万别得寸进尺了，若是得不到那不该得到的，又丢掉了手头最宝贵的，那可是最坏的结果，到时候懊悔都来不及。

她轻轻的一语，却重若千钧：如果爱，请允许我选择——浅爱，深喜欢。

一语惊心，女友懂得聪慧的她，有着怎样绵密的心思。

浅浅的爱，深深的喜欢。这该是怎样特别的一种情？她真的能够守住那个距离吗？

半年后的一天，她到南方一座城市出差，似已心若止水的她，竟在街头与他再度不期而遇。他依然那样魅力无限，一举手一投足，都牵着她的心。不远不近，跟在他的身后，走过江南的一条幽深的古巷，在他即将登上出租车的刹那，她突然跑到他面前，唤住了他。

于是，站在那紫荆花丛前，两个人有了五分钟简洁的交谈。然后，彼此留了电话，说好了回去后常联系。目送他远走，她翻看那十一位阿拉伯数字，好像端详手掌上弯弯曲曲的命运线，不知冥冥中它们将引她走向哪里。

再度唤起的喜欢，像一头十分淘气的小兽，在她的心头不知疲倦地跑来跑去。原本枯燥乏味的出差，陡然变得无比美妙起来。

她刚刚走进家门，他的问候短信就赶到了。虽是简简单单的几个字，她却看了又看，像一个刚得到新玩具的孩子，欢喜得满脑子里只有他的音容笑貌。丈夫把饭菜都端上来了，她犹沉浸在那片喜悦中，她不加掩饰的好心情，立刻感染了丈夫，让他第一次尝到了“小别胜新婚”的幸福。

隔三岔五的短信往来，彼此很快便都不满足了，她与他又开始选择 QQ 交流，打字太慢了，就直接打开视频，他的曾经，她刨根问底了；他的现状，她几乎了若指掌了，甚至他的未来，她也热情地参与设计了。像吸食了鸦片，上了瘾，她痴迷地与他网上热聊，感情急剧升温，甚至到了无话不谈的亲密程度。那些白天和黑夜里，她的热情似乎都集中到了他的身上，仅仅是两天没与他联系，就像分别了很久一样。

那天，她忽然有些惊恐地意识到，自己实在是有些得寸进尺了，真的不能再这样发展下去了，原来的深喜欢，正在向深爱延伸。

幸好，她与他那天在异乡重逢后，他们仅仅有过两次单独的会面，都选择了气氛氤氲的咖啡屋，他很绅士，她也很淑女，没主题地简单闲聊，自然而亲切，并没有想象的那种激情荡漾，甚至没有他们在网上聊得那样轻松自如。

她知道，他的妻子曾是他的大学同窗，现正在美国读博士。他的工作很轻松，有大把的休闲时间可以随意挥霍，而喜欢昼伏夜出的她，在文字里玩惯了浪漫，不知不觉就玩到了生活里。而很爱她的丈夫，这些年来一直很宠着她，对她的小资情调，理解，纵容。

终于有一天，他突然告诉她，他也要去美国定居了。她很清楚，这一别，他们就将天涯海角了，但令她更惊讶的是，她心里并没有想象的那样特别伤感，甚至有了一种释然的感觉，道了一声祝福，她还没心没肺地问了他一句，什么时候回来？

他反倒不洒脱了，有些缠缠绵绵地问她，他们还能不能再最后见一面？似乎他还有很重要的话要对她说。

这一回，她却是出奇地干脆利落：相见不如怀念。

他有些怅然地离开了，她只给他发了一条送别短信，便长长地缄默了，仿佛过往的那些热烈和沉入，都突然地定格在了昨天。

不知不觉间，有泪缓缓地滑落。她开始翻阅他们之间的那些聊天记录，然后一一地删掉，像扔掉那些蒙了灰尘的旧报刊，尽管有些不舍，但最终还是抛却了。

那一刻，她才恍然发觉——对于他，浅爱，是真的，深喜欢，也是真的，但那都属于过去完成时了。而现在，她对丈夫的爱，却依然是深深的，她对生活的喜欢，也依然是深深的。

最美的喜剧是这样演绎的

1942 年的冬天，被誉为“美国半个世纪美的化身”的女子乌娜·奥尔尼从曼哈顿来到纽约，参加了那个精英汇聚的沙龙。她刚一走进屋，周围一切都在瞬间暗淡下来，所有的光亮都骤然涌向她。在场的艺术家们的目光都毫不掩饰地落到了她身上，都惊诧于她那超凡脱俗的美丽和由此产生的不可抗拒的魅力。

她摇曳的身姿，飘逸的秀发，典雅的笑容，澄净如水的明眸，如诗的羞涩……无一不抵达了美的极致。面对她惊艳卓世的美，那一刻，所有的语言都苍白无力，所有的色彩都暗淡无光，所有的声响都静寂下来，大家全都屏住呼吸，静静地欣赏她无与伦比的美。

“她美得光彩照人，含而不露的巨大魅力，让人禁不住要怜惜地托在掌上，生怕她会像陶瓷一样被碰碎。”阅人无数、身边一向美女如云的著名喜剧家查理·卓别林，只那么惊鸿般的一眼，就被她神奇的美震颤了。

她与他目光只那么轻轻地一对，仿佛时光倏然滑过了跋涉的万水千山，滑过了相约的前世今生。

“让我们一起演绎最美的喜剧吧！”他盈满爱意的热切一唤，她年轻而浪漫的心便被迅速点燃，她飞蛾扑火般决绝地向他奔来，奔向他热情张开的双臂。很快，他们便忘情地坠入了爱河。那一年，乌娜十七岁，卓别林五十三岁。

他们的爱情在一开始便遭遇到了极大的阻力，乌娜的父亲尤金·奥尼尔——1936年诺贝尔文学奖的获得者，虽然自己也是一位典型的风流才子，但他决不容许自己的宝贝女儿，嫁给家庭生活极其混乱、绯闻一直不断的卓别林。要知道，在认识乌娜之前，卓别林已有过三次婚姻，即使是在他与乌娜热恋那段日子里，他也依然绯闻不断。

乌娜的父亲更看好的是后来以一部《麦田的守望者》名扬天下的青年作家塞林格。乌娜在去纽约之前，塞林格在乌娜的家里认识了她，并在她父母的赞许下，两个人有过一段甜蜜的约会。在曼哈顿的大街小巷，乌娜与塞林格曾留下爱的足迹。然而，天生不懂得浪漫，不会经营爱的塞林格此时因突然爆发的战争，应征入伍，被派往前线。随着空间距离的拉大，两颗心的距离也拉大了。

尽管父亲竭力地反对，甚至达到了父女反目的境地，尽管太多太多的世俗的鄙夷和怀疑的目光一直追随着他们，但乌娜和卓别林的爱情却没有被扼杀掉，反而蓬勃地生长起来。

终于，缠绕在他们身上的麻烦一一地清理掉，横在眼前的障碍一个个地搬掉，乌娜和卓别林的盛大婚礼场景，占据了全球各大媒体重要的版面。看到报上他们幸福的结婚照，远方的塞林格心里十分难受，他在随后创作的小说中，对卓别林进行了一番畅快的羞辱。

卓别林幼年时父母离异，曾给他心灵投下一抹浓重的阴影；成长的岁月中，他又饱尝饥寒和羞辱，加上母亲精神病不时地发作，使这位银幕上的喜剧之王，生活中的浪子，只能靠一部部作品和一个个女人消解内心深怀的恐惧。

谁也不曾想到，正是乌娜执着而热烈的爱，给卓别林一度悲伤无助的心灵送上了最好的慰藉，给他带来了从未有过的安定感和幸福感，他那一直弥漫心头的巨大的恐惧和忧郁，在乌娜温柔的呵护下，很快便一扫而光。

从此，卓别林像换了一个人，开始了全新的生活。那些娱乐记者很难再发现他的绯闻，倒是很容易就能够捕捉到他与乌娜那些相亲相爱的幸福情景，那些自然、美好的情节，令许多当初不看好他们爱情和婚姻的人们大跌眼镜。

应该说，乌娜是一个绝对优秀的爱人，从最初义无反顾地嫁给卓别林，到后来在卓别林被政府驱逐出境、流亡欧洲的那些艰难岁月里，她一直是卓别林最可靠的坚强支柱。她甚至冒着极大的风险，像一个机智的特工，将支票藏在大衣的夹层里面，躲过海关人员的重重检查，来到瑞士，与卓别林共度美好的晚年。

著名作家波伏娃和萨特在拜访卓别林后的文章中，都对乌娜的优卓的表现大加赞赏，说她是一个“伟大的妻子”，她的高贵和朴素，她的天真与成熟，都是那样地显而易见。

卓别林在他的自传里回忆了以往生活中的一些女人，对她们吝啬得没有一句褒扬的话，而对乌娜，他却慷慨地献上了绵绵的赞赏：“她是我生命中最美的女神。”“我们开始了天作之合的幸福生活。”“我一心只想将一切毫不保留地献给她。”

尽管与乌娜结婚之后，卓别林再没有更好的作品问世，但他丝毫不后悔。乌娜给他生了八个孩子，尤其是定居于瑞士的德班堡后，卓别林和乌娜尽情地享受到了家居生活的宁静与幸福，享受到了美好爱情恒久的甜蜜。

1977年，八十八岁的卓别林在平安夜的喜庆中，安详而恬静地谢世。十四年后，乌娜追他而去，在天堂中继续他们的幸福时光。

斯人已逝，但他们倾情为世人演绎的一段人生喜剧，演绎的一段美好的爱情故事，却仍在岁月的长河中熠熠生辉。

段奇清

男，湖北仙桃人，湖北省作家协会会员。笔名清翔、清心可也、大可、梅若雪等。《读者》《意林》《特别关注》《青年文摘》《格言》《经典》等签约作家，知名美文作家。已在省级以上刊物发表作品千余万字，作品多次获奖，有文章被选为中考、高考语文阅读试题。已出版散文集《积聚你心中的正能量》等。以敏锐的思维触角和直透人心的文字，为美丽和不太美丽的灵魂提供栖息修养之所。

有信江头春色

她是一名退休教师，每天过得单调而寂寞，内心却也不乏一份明丽与温热，就像黄昏时风中摇曳着的一支蜡烛。

一天，有人送给她一幅他的照片，是他年轻时的模样，英俊儒雅，仪表堂堂。她捧在手中，端详着，凝视着，内心顿时有如风吹过湖面，荡起涟漪阵阵。那人想让她讲讲与他的故事。这时，他已去世多年。她沉默着，脸上一时风云变幻，很久，终于开口说话：我所有的话，都只能同他说。他去了，我也没什么可说的了。

“诚必不悔，决绝以诺；贞信之色，形于金石。”其实，她又何曾对他有过什么承诺，沉默着，只是对他这份爱的尊重。她就是劳拉·怀特，他是马克·吐温。

1858 年 5 月的一天傍晚，新奥尔良码头，鼓荡奔涌了一天的海面开始沉静下来，太阳的余晖为海水涂抹一层碎屑般的金黄色，有淡淡的花香味从海岸飘过来……

此时，二十二岁在宾夕法尼亚号当水手的萨姆·克莱门斯，即后来的马克·吐温，正想抓住这一天最后的日光读上几页书。突然听到从另外一条船上传来一些熟悉的声音，他一看，欣喜不已。原来他以前曾工作过的罗伊号不知什么时候泊在了一侧，距离不过十多米远。他赶紧将书合上握在手中，快步来到罗伊号，要和已数月没见的老朋友们说说彼此间的思念，交流交流相互间的见闻。

这时，有一个女孩出现在了他的面前，只见女孩袅袅娜娜，秋波流转，有如临水照花般。这个女孩就是劳拉·怀特。劳拉此时只有十四岁，家在密苏里州圣路易市附近的华沙镇。而她的叔叔正是罗伊号上的舵手，学校放假，是叔叔让她来感受大海的浩瀚与神秘的。不曾想，她却在这里邂逅了马克·吐温，也邂逅了一段爱情佳话。

什么是爱情，爱情是埋藏在心底的两条暗流，隐秘的汇合处，波光粼粼，春色浪漫。爱情犹如一本好书，只看了一眼封面，便觉有珠玑落盘，没曾开口，就已全部懂得。他说，她是那样与众不同，令人怦然心动，心驰神往；她说，他一颦一笑，一言一行，都让人终生难忘。

时光之锚似乎从来都是不系春晖只系离愁的。三天后，宾夕法尼亚号就要离开新奥尔良了。劳拉没想到欢乐的时光会如此短暂，当船起锚时，她把手指上的一枚戒指褪了下来，送给马克·吐温。

从此，他的日子里便只是“残灯孤枕梦，轻浪五更风”了。好在他有她送的戒指，当然枕边还有书，他要十年磨一剑，让腹中珍藏奇光五色，他年能补天西北。她却屡屡走进他的梦中，梦醒之后，他就枕着波涛，将这些绮丽温婉的梦，细细构思成散文或小说，在笔底流云，成为一段段锦绣文字后，他寄给她看，让鸿雁频往来。

然而变异突生，几个月后的一天早晨，宾夕法尼亚号发生了爆炸，伤亡极其惨重。幸运的是，马克·吐温当时并没有在船上，那天，是他的弟弟亨利替了他的班，结果弟弟在爆炸中严重烧伤。一周后，治疗无效，在孟菲斯医院去世。深度自责使马克·吐温痛不欲生，他有将近一年的时间没有和劳拉联系。“为长心易忧，早孤意常伤”，就是这种痛彻心扉的手足之情，让劳拉更是看到了他是一个极重情义的人，一年的鸿雁停飞，不仅没让她与他有丝毫的疏远隔膜，反而与他的心系得更紧了。

“离思迢迢远，一似江河水。”那段时间，两人非常渴望能再见上一面，1860年，马克·吐温去华沙镇看望她。然而对于这个二十四岁的船员小伙子看望自己十六岁的女儿，劳拉的母亲并不欢迎，而是充满戒备之心。从言语间，马克·吐温怀疑她偷看了自己与劳拉的通信，脾气暴躁的他一气之下，离开了华沙镇。

后来，马克·吐温十分后悔，在写给友人的信中说：“我几乎过不了几天，就会梦到她一次。”“思往事，看孤云，目断鸿雁去”，他实在忍受不了对劳拉的思念之情，于是提笔又给她写了一封信。将信投入邮箱后，他每天期盼着她的回信，希望能再次读到那睿智而甜蜜的话语，看到那流云般娟秀的字迹。没曾想，却是“云归月不圆，雁到人无信”。

原来，此时劳拉参加了南北战争，并成为南军的一名谍报人员。她想到自己终和已是知名作家的马克·吐温只能相爱，而不能享受爱的甜蜜。为了隐藏自己的间谍身份，匆忙间她和一名叫查尔斯·达科的水手结了婚。此时，不仅不能和马克·吐温通信，她甚至与家里也断了联系。

战后，劳拉和丈夫又一起去了西部，在旧金山开了一所女子学校。随后，她又移居达拉斯，在公立学校做了一名教师，后又担任校长。

1880年，四十四岁的马克·吐温意外地收到了一封信，信是一位十二岁的达拉斯少年写来的。少年在信中向他请教了一些有关写作的问题，并告诉他说：“我听说，我们校长在她还是小女孩的时候，就和您认识。她叫劳拉·怀特，您对她还有印象吗？”也许觉得已年深月久，他是否还记得自己，劳拉要通过少年试探一番。可一份真爱是不必试探的，马克·吐温立即回信：“我一直都没忘记她。”

劳拉要将这份感情好好珍藏，直到二十六年后，她已六十二岁，马克·吐温已是古稀之年。这时，她很想帮助一个自己曾经的学生上医学院，可她没有力量，于是求助一位慈善家，巧的是这位慈善家和马克·吐温是朋友。当马克·吐温得知这一消息后，立即给劳拉寄去一千美元的支票，这在当时可称得上一笔巨款。此后，两人再没间断过通信联系，直到五年后他去世。

时间到了 1925 年，有一位专门从事马克·吐温研究、名叫查尔斯·古德的学者，在听说劳拉有高高几摞与马克·吐温的来往信函后，希望劳拉能出售给他。此时，更有出版社争相出高价购买这些信函，有人甚至将价格增至两万美元。但她一直坚持说：要在她死时，销毁这些信，不让任何人读到，因为那是他写给她一个人的，不是写给别人看的。

1932 年，八十七岁的劳拉去世，至死，她没向人透露过那些信一丝一毫的内容。

“有信江头春色，无凭天上浮云”，沉默着，给爱一种贞信，一种守望，这种沉默是高贵而伟大的。把爱埋藏在心底，不让任何人知道，不使曾经的爱变成蒺藜伤害到别人，此才是对失之交臂的那份爱最大的尊重。在日暮黄昏独自凭栏，默默而温暖地想着这份爱，于是心头的花开了，烟霞锦簇一般，直铺到江海湖泊，化作灿烂春色一片……

扑向爱情火焰的蛾

她说："算命的人说我走着驿马运，所以我要东奔西走。我虽不相信命相，不过我喜欢跑，这是不可否认的。"其实，她并非一匹驿动的马，而是一只为爱情扑向火焰的蛾。

七岁的时候，父亲因心脏病死于湖南长沙知县任上，她只得跟随母亲来到北京，投靠在北京任农商部员外郎兼太医院御医的舅舅。那时她总觉得四周都是冷飕飕的，渴望有一处能给予自己温暖的地方。但是，这样的地方是那样难寻觅。她知道能改变命运的只能是知识，尽管直到九岁时才被送入一所教会学校，但她在十四岁那年，却考取了北京女子师范附属高等小学五年级。第二年，她又顺利考上享受官费待遇的女子师范学校。这让母亲、舅舅惊喜不已。

她就是原名黄淑仪的庐隐。

在庐隐看来，最温暖的感情莫过于爱情，在女子师范学校，庐隐的业余时间几乎全部用在了看言情小说上。日夜潜心于阅读，既让她植在心园文学之梦的小苗得到了滋养，也让她对那些为了爱被风雨霜雪浸淫摧残，却依然义无反顾的男女主人公生出钦佩和向往之情。

1915年，即在她十七岁时，她认识了表亲林鸿俊。这位二十岁的青年，伟岸俊美，温文尔雅。当庐隐向母亲宣布她爱上了林鸿俊时，母亲和舅舅却一起反对。因为不久前林鸿俊的父母不幸双亡，在日本留学的他不得不辍学回国。

庐隐说："他家境贫寒，没有工作，这一切我都不在意。我愿意嫁给他，将来命运如何，我都愿意承受。"由于从小就寄人篱下，受到的多是歧视，由此庐隐养成了一种倔强叛逆的性格。对此母亲已多有领教，她只好答应了这桩婚事，不过，母亲说，必须在林鸿俊大学毕业后成婚。

林鸿俊当年暑期考上北京工业专科学校，为了成全女儿，母亲将仅有的积蓄两千元，让一位亲戚出面，以亲戚的名义资助林鸿俊。在他们的订婚宴上，当这位亲戚将钱交给林鸿俊时，林鸿俊当场鞠躬致敬，感激涕零，说："我一定好好读书，毕业后再报答您的大恩。"

庐隐从北京女子师范学校毕业两年后，即1919年，她又考上了由这所学校升格成的国立女子高等师范学校。在这期间，由于参加福建同乡会，庐隐认识了与她同岁的北京大学政治系学生郭梦良。

1920年，林鸿俊从北京工业专科学校毕业，到山东糖厂当了一名工程师，他提出兑现婚约，等来的却是庐隐寄来的一纸退婚书。同时，被庐隐弃置的还有她以与林鸿俊这段爱情故事为素材所创作的文言小说《隐娘小传》。因为她与郭梦良结识那天，就大有相见恨晚之感，在林鸿俊毕业时，她与郭梦良已是难分难舍。后来，知难而退的林鸿俊和糖厂老板的女儿缔结了姻缘。

作为扑向爱情火焰的蛾，如果说庐隐最初扑向的是一炷灯火的话，这次她撞向的却是熊熊燃烧的山火。可不，她的灵魂被炙烤得如一片焦土。

庐隐与郭梦良结婚后，仅仅两年郭梦良便因病撒手人寰，撇下她和十个月的女儿郭薇萱。悲恸中的她将亡夫的灵柩送回福建老家，把幼女托付给婆婆抚养，自己孤独地前往福建女子师范学校任教。

1928 年，庐隐从福州辗转至上海，又从上海到北京。这年的 9 月，庐隐的挚友石评梅因脑炎逝世。为了纪念石评梅，庐隐于 1931 年写下长篇小说《象牙戒指》，小说在讲述石评梅爱情传奇的同时，更是融入自己一段新的感情波澜。这段爱情故事的主人公是比她小九岁的李唯建。

此时的李唯建是清华的一名学生，也是一位浪漫诗人。如果说，庐隐与郭梦良的结合是要拯救一个不幸婚姻者的灵魂，但这次几乎是第一次爱的重现。李唯建 1907 年出生于四川，英俊潇洒，但也和当年的林鸿俊一样一贫如洗。令人痛惜的是，此时庐隐的母亲已去世多年，没有人再为她走出爱情的困境伸出慈爱之手了。

原来，郭梦良当年在离开家乡到北京大学读书之前，已由父母包办成婚。庐隐和林鸿俊解除婚约，与郭梦良结婚，对于母亲来说，是不堪承受的一击。一个有学识有地位的少女，嫁与 个已结过婚的男子，当时的社会认为这是自掉身价。庐隐的母亲也不能脱俗。面对亲戚朋友的冷嘲热讽，这位老人无地自容，只得孤身一人回到福建老家。一年多后，在郁郁中离开人世。

是否接受李唯建对自己的苦苦追求，庐隐最初也曾犹豫过，但因为一份真爱，他们最终走到了一起。被生活所迫，结婚后一家三口从北京东渡日本，希望能在日本闯出一片容身之地。可仅仅几个月后，他们又不得不从日本回国。不久庐隐生下了第二个女儿李瀛仙。为挣钱，庐隐生完孩子不到两个月，就去上海工部女子中学任国文教员。

1934 年 5 月 13 日，在第三次临产时，出于节省，庐隐便在自家弄堂的小屋里分娩，由于大出血而失去了年仅三十六岁的生命。这个在十一年前因以自身经历写成的中篇爱情小说《海滨故人》一举成名，共计写出四部中长篇小说、六十多部短篇小说的中国现代文学史上最早的婚恋女作家，就这样过早地凋逝了。

相对于那些麻木的逆来顺受的旧中国女性，庐隐无疑是一个争取爱情自由的觉悟者和先驱者。但爱情的飞蛾在扑向灼热的火时，除了照亮文学之梦外，在精神与肉体上最终得到的却是巨大的伤害。

总有一些人，愿做一只扑向火焰的蛾，只因为她们的执着，也让人们看到了她们浴火涅槃后，在生命的天幕上画出的一抹耀眼的亮色……

林肯：爱是永恒的

1842年11月14日，林肯正式向恋人玛丽·托德求婚。二人随之去了一家珠宝店，买了一枚结婚戒指，让人在上面刻了一行字："爱是永恒的"。

是的，没有谁不希望自己的爱是永恒的，但没有谁像林肯与玛丽对永恒之爱的认识与渴望那样深。

1837年3月的一天，伊利诺伊州议会在州首府所在地斯普林菲尔德市举办了一次大型舞会，舞会几乎聚集了全州所有的政界精英和全市所有的美女。时为实习律师的林肯幸运地受邀出席了舞会。舞会上，有一个女孩一出场，令所有的男士眼睛发亮。

女孩就是玛丽·托德，在男士们向玛丽大献殷勤的时候，林肯却默默坐在一边。他的“特立独行”引起了玛丽的注意，她谁的邀请也不接受，却主动与林肯共舞。用她后来的话说，当时她就料到林肯将成为总统。这一年，林肯三十一岁，玛丽二十一岁。

玛丽出身于贵族世家，她的父亲是伊利诺伊州著名的银行家，她聪明伶俐，深得父母亲友的宠爱。不幸的是，在玛丽六岁时，母亲患病去世，她爱的天空突然坍塌了一大块。不久，父亲再婚，后母有了自己的孩子后，爱的天平就开始倾斜了。她并不向后母低头，同时渴望有一个伟大的人来爱她，证明自己能得到世界上最好的爱。在遇见林肯后，生性高傲的她坚信自己能成为一位总统夫人。

在精英荟萃的舞会上，林肯选择了沉默，并非是自傲而是自卑。因为在认识玛丽之前他有过几次恋爱，每一次都是以失败告终。

最早让林肯动心的女孩是他的同学肯塔基州的凯蒂，凯蒂对聪明勤奋的林肯也有好感。可他俩的关系就像林肯的学业一样断断续续。后来，凯蒂嫁给了詹姆斯，那是林肯雇主的儿子，因为林肯太穷了。自尊心极强的林肯随之选择了离开。

林肯离开肯塔基州后就到了伊利诺伊州，通过不断努力，他成了州里一位颇有名气的律师。

伊利诺伊州有一个女孩叫卡罗琳，出身于当地的名门望族，气质高雅，热情大方。一次，她邀请林肯参加当地一年一度的传统节日玉米脱壳会。参会的全是青年男女。按照风俗，与会的小伙子，无论是谁，只要找到带红穗的玉米壳，他就有权去吻自己爱慕的姑娘，且姑娘不论喜欢与否，都不能拒绝。游戏开始后，林肯夹在人群中东跑西颠，手中始终没有红穗玉米壳。卡罗琳一看急了，赶紧去找红穗玉米壳，找到后急忙递到林肯手中，而且送上了自己的热吻……然而，卡罗琳最终还是没能与林肯走到一起，富有的她嫁给了一位同样富有的农场主。

因为贫穷，林肯的恋爱一连受挫，即便他成为一名正式律师有了稳定的收入以后，在爱情上也依然走麦城，以致他说："爱情是一桩十分古怪的事。"

那年林肯二十五岁，在塞勒姆市时，玛丽·欧文闯入了他的生活。欧文大家闺秀的特有气质让林肯着迷，在经过几次交往后，林肯迫不及待地向欧文求婚。欧文拒绝了，理由是林肯在男女交往时，显得拘谨、木讷。

也许是连续受到打击，林肯在女孩子面前渐渐丧失了信心。

不久，林肯成为伊利诺伊州立法委员，他来到了州首府斯普林菲尔德。就在这次州议会举办的舞会上，对爱情心灰意冷的林肯遇见了玛丽·托德。玛丽的出现给了他极大的信心，他觉得玛丽就是他的精神灯塔。

经历了情感波涛的起伏后，林肯与玛丽就要走入婚姻殿堂了，婚礼定于 1841 年元旦举行。此时的林肯为了政治抱负，四处奔波。可偏偏在这个节骨眼上，他误了车次。待他风尘仆仆地赶回住所时，气愤的玛丽提出分手。任凭林肯如何解释，也无法使玛丽回心转意。

与玛丽分手后，林肯便倾心于政治活动以疗心灵之伤。一次，林肯用笔名"丽贝卡阿姨"发表了《桑格莫恩日记》，反驳一位叫詹姆斯的政敌。奇巧的是这篇文章被玛丽读到了，玛丽对文章的观点十分欣赏。更为奇巧的是，玛丽写了续篇，以同样的笔名发表了。詹姆斯连续读到了批评自己的文章，觉得受到了“丽贝卡阿姨”的侮辱，一怒之下，提出要决斗。

这时，林肯勇敢地承认“丽贝卡阿姨”就是他，并表示应战。幸亏双方朋友出面斡旋，一场悲剧才得以避免。不久，事实真相在报纸上公布出来，玛丽没想到自己竟然是为林肯写的续篇；两个人的事他又一人承担，这样的英雄行为太令她感动了。就这样，一次政论文章续篇，让他们的爱情也有了“续篇”。1842 年 11 月 14 日，历史上极富传奇色彩而又伟大的爱情终于彰显于人们面前。

尽管两个人所受的教育不同，家庭背景、性格、爱好有差异，婚后免不了时有磕磕碰碰，但他们的婚姻一直走到了生命的终点。1865 年 4 月 14 日，玛丽陪林肯坐在华盛顿福特大剧院的总统包厢看戏。晚上十点半，正当演出达到高潮时，在内战中同情南方的演员布斯经过周密准备，持枪潜到林肯包厢，对着林肯的后脑连开数枪，林肯倒在了玛丽的怀中。

玛丽见证了世界最黑暗的一刻，也遭受了生命中最大的打击。挚爱的人去了后，玛丽一度精神错乱。1882 年 7 月 16 日，玛丽的人生也落下了大幕。弥留之际，她的手上依然戴着婚戒。她是看着“爱是永恒的”咽下的最后一口气，脸上没有痛苦。

是的，爱是永恒的，没有什么比这更令人满足了。

你洞开颓败，我洞开宽容的心扉

人们无不欲追求人生爱情的圆满，可生活的衣衫却往往会呈现一些刺眼的破洞。

十三岁那年，正在江苏省立第二女子师范学校念二年级的她，一天突然收到一封信，那是四哥张公权写来的。读罢，她的一张粉脸不禁飞起一抹红晕。

原来，时任浙江都督府秘书的张公权被一篇题为《论小说与社会之关系》的中学生作文吸引。当打听到作者徐章垿是浙江海宁富商徐申如的儿子后，便有了联姻的想法。这封信是四哥来听取她的意见的。她就是张幼仪，徐章垿即后来的徐志摩。

两年后他们成婚。然而，有志于摩登的徐志摩，与出生书香门第、过于内敛敦厚的她，很难有张公权所希望的谐和圆满。夜深人静，冷雨敲窗，点点滴滴都是夜雨芭蕉的惆怅之声。十二栏杆倚遍，魂里梦中，把远山望断，终不见郎君面。此可以说是张幼仪那时的写照。因为在两个人结婚后的前三年，忙于求学的徐志摩与她相处的时间不足四个月。后来徐志摩到美国留学两年，接着又去英国剑桥大学攻读博士学位。

1921 年春，在徐志摩赴伦敦半年后，她将三岁的、小名阿欢的儿子徐积锴托付给了公公婆婆，来到徐志摩身边，终于得以消解对丈夫的挂念萦怀之苦。

到伦敦，她还有一个愿望，就是一边照料丈夫，一边重拾中断的学业，可热衷于交际、花钱如流水的徐志摩，只是把家中寄去的钱很少一部分交给她，以勉强维持日常的生活用度。加之每天她要买菜做饭、洗衣、打扫整理房间，日子过得忙碌而又琐碎，求学也就只能是一个泡影。

尽管如此，半年后的一天傍晚，该是徐志摩回到寄宿处的时候，可一直不见他的踪影。其实，她早已看出，徐志摩另有所爱。她不禁伤心地想，这世界只留下我的一份苍白，这尘世于我，又有什么意义呢？但《孝经》里的一句“身体发肤，受之父母”的话救了她。又有身孕的她只得向在巴黎游学的二哥张君劢求助。二哥告诉妹妹：“万莫打胎，兄愿收养。抛却诸事，前来巴黎。”

1922 年 2 月 24 日，随七弟张景秋前往德国的她刚生下二儿子彼得，徐志摩托人送的离婚书就到了。在她的一再坚持下，徐志摩才与她见了面，但拒绝了她的“先征求父母的意见再谈离婚”的要求。在离婚协议书上签字后，她反而有了从没有过的释怀和坦荡，她说：“你去给自己找一个更好的太太吧！”

是的，此时对张幼仪来说，既是一种放下，也是一种拾起，放下的是总也适应不了徐志摩的那颗忐忑的心，拾起的是自己的求学梦。那时的张幼仪，已不是徐志摩的妻子，但仍是徐家的儿媳。当她提出读书的要求后，徐申如按月寄给她三百块大洋。由此，她进入了柏林的裴斯塔洛齐学院，攻读幼儿教育。

就在日子稍稍有些安定后，她却再次受到人生的重大打击。1925 年 3 月 19 日，三岁生日过完不到一个月的彼得不幸夭折于柏林。大凡经历太多的痛楚，不是沉沦，就是坚强。张幼仪选择了后者。她忍着离婚丧子之痛，继续攻读，于 1926 年终于完成了学业，成为风雨琳琅中的一枝铿锵玫瑰。

也就是在这一年，徐志摩在追求林徽因失败后，于 10 月和陆小曼在北京北海公园举行了婚礼。婚后陆小曼到海宁与徐志摩的父母同住。一个月后，徐志摩的父母离开家乡，来到已经回到北京的张幼仪处，并认张幼仪为养女。徐申如还把家产一分为三，老夫妻俩留一份，徐志摩和陆小曼一份，张幼仪和儿子阿欢一份。1927 年张幼仪到上海东吴大学任德语教师。

人生圆满从来不青睐浮躁轻率的人，一个只注重外表之美、形式之美，而忽视了人生内涵锻造的人，在爱情上注定只是一种残缺和虚幻。一天，徐志摩来到张幼仪处看父母，张幼仪见他精神萎靡，穿的裤子上还有一个破洞。

原来，陆小曼与徐志摩相识时已是有夫之妇，徐志摩横刀夺爱，让过惯了交际花日子的她益发散漫狂放及奢糜无度。这样的她不说徐志摩的父母极不待见，且徐志摩干了三四份差使，月赚一千大洋也依然入不敷出，穿有破洞的裤子也就成了徐志摩的一种宿命。

徐志摩人生的颓败以不可逆转的态势向世人洞开，而张幼仪却向世界洞开着她那颗宽容豁达的心，在见到徐志摩裤子上的破洞后，她随即为他定做了两套高级衣装。在徐志摩拿到衣服时，禁不住感慨万千。

徐志摩感慨的是陆小曼在放纵自我的道路上越滑越远，1931 年 11 月 17 日，即徐志摩与陆小曼结婚五周年后的一天，徐志摩再次规劝陆小曼：不要吸食鸦片，不要与纨绔子弟翁瑞午混在一起……陆小曼不仅听不进去，且掷去烟枪打掉了徐志摩的眼镜。

徐志摩伤感地离家，在江浙朋友家盘桓几日后，搭乘一架免费的邮政飞机赴北京。而心绪凌乱的他，此时身上穿的居然又是那条有着破洞的裤子，不幸途中飞机失事，那个破洞也就成了徐志摩永远怅望苍天的疑惑的眼睛。

那时，陆小曼觉得这眼睛总在盯着她，她曾回忆说：徐志摩那天负气离开家时，她看到了他裤子上的那个洞，想招呼他停下，但因在气头上终于没有。由此，她谢绝一切繁华，努力做人做事。也有人说陆小曼的脱胎换骨是因为张幼仪的胸襟——

徐志摩逝去后，张幼仪常去看望困窘孤寂的陆小曼，每月还给陆小曼寄去生活费，一直到 1949 年 4 月离开大陆移居香港时。因而，陆小曼在后来成为上海画院的专业画家，并致力于编撰徐志摩的各类文章且有所成。

正如徐志摩后来所预料的那样，张幼仪是有志气有胆量的女子，终归是女中豪杰。她先是开办了上海第一家时装公司——云裳时装公司。不久，她又出任上海女子商业银行副总裁。当时，上海一些名人都认定她是最具风采的女子，包括大才子罗隆基对她也一见倾心。但她始终恪守约定：不做徐志摩的妻子，仍做徐家的媳妇。

直到 1954 年，已失婚三十二年的、年龄五十四岁的张幼仪才写信给儿子徐积锴，说出了自己欲追求一份幸福的想法。儿子感念母亲一辈子的不易，支持母亲的追求。徐积锴在信中说：母亲“生我抚我，鞠我育我……母如得人，儿请父事”。张幼仪得以与香港中医苏纪之成婚，两个人相守二十年，恩爱美满。1974 年苏医生去世，张幼仪飞往美国与儿孙同住。即便这时，她也让儿子在美国图书馆一篇篇复印能够找到的徐志摩的旧作，委托在台湾的梁实秋编辑出版了《徐志摩全集》。

在八十多岁时，张幼仪又敞开心扉，向侄孙女张邦梅说出了与徐志摩的往事，令世间多了一种动人心魄的传奇。

张幼仪曾说，在柏林前和柏林后，她完全变成了两个人，此前，她就是怕，怕失去爱，怕离婚。到柏林后，她变得无所畏惧了。一个人能自立自强，拥有一颗大爱的心，无论处于何种境地，都能走出人生的黑洞，发出璀璨夺目的光彩。

姜钦峰

现居江西南昌，中国作家协会会员，《读者》《青年文摘》《意林》等期刊签约作家。在多家媒体开设专栏，已在国内外数百家报刊发表作品二百余万字。作品收入百余种丛书及中学生课外读本，十几篇文章被编入中学语文试卷，并有作品被拍成电视散文在央视《子午书简》播出。已出版散文集《像烟花那样绽放》《遇见美好》《每一个梦想都值得浇灌》《最美丽的谎言》等，合著若干。

假如时间停止一小时

假如有一天，时间突然停止一个小时，天上的飞机、地上的汽车、鱼缸里的鱼……统统原地不动，就像科幻电影中的画面定格，总之一切都停止了，全世界只有你可以行动自如，为所欲为。而且在这一个小时之内，法律自动失效，请问你会选择做什么？

无意中在网上看到这个帖子，只扫了一眼，目光就再也挪不开了，仿佛被高手点了穴道。不知此人从哪来的灵感，只三言两语，就把每个人深埋在心底最敏感的那根神经，一下子撩拨起来，顿时引来跟帖无数。与其说是想象力大比拼，倒更像是一场人性大检阅：

我想犯罪！

时间太短，哪儿都不去了，立马赶到最近的银行。

一个小时之后呢，会不会秋后算账？

去彩票管理中心，把开奖号码改成我买的那个。

去麦当劳，不用买套餐就可以把玩具拿齐一套。

毫不犹豫冲进菜场去抢把青菜。

去图书馆拿一套宋版书。

……

答案五花八门，千奇百怪，活脱脱的众生相。一路读下来，不仅大大满足了一番窥私欲，还让人忍俊不禁。诸如此类，大多一笑而过，唯独一个答案，却怎么也无法从我的记忆中擦去："我想去亲一下他，告诉他，我爱他！"

该是个文静的女孩吧。假如这个世界真的能够定格，时间如此宝贵，机会千载难逢，想必只要是思维正常的人，都会去做自己认为最重要的事情。很显然，爱情，是她生命中的最重——他却不知道。

我仿佛能看见她眼神中的忧郁，思绪已被牵引。女孩那么爱他，为什么不当面告诉他？即使不能见面，还有电话、短信、E-mail……通讯如此方便快捷，她的爱，总有一种方式能让他知道。距离显然不是问题，纵使万水千山，也无法阻隔爱的讯号。如此想来，合理的解释只有一种——她从来就不想让他知道，她爱着他。

或者她已嫁，或者他已娶，抑或是有其他不得已的苦衷。"君生我未生，我生君已老"，"还君明珠双泪垂，恨不相逢未嫁时"，世间所有错过的爱情，总是引人无限遐思，倍觉感伤。现实的问题是，当缘分已注定成空，爱还要不要说出口？她选择了沉默，一个人悄悄地爱，那么执着，无声无息，却又轰轰烈烈。冰雪聪明的女孩，纵使相思成灾，也要把爱藏在心底。

有人说，世界上最远的距离，不是天涯海角，而是我在你面前，你却不知道我爱你。可是，有些爱一旦说出口，就失去了。把爱倒进心里面，当岁月慢慢沉淀，那些珍藏在心灵深处的感动，终会化作一朵最美的花儿，绽放成地老天荒！

聆听爱情

她大方承认:“当年是我追的他。”

那时，她是学校公认的校花，年轻漂亮，热情大方。他是校广播站的播音员，老实本分，沉默寡言。热情的校花，拒绝了无数男生的追求，偏偏喜欢上了沉默的播音员。每天，当那充满磁性的男声在校园的上空飘荡时，便是她一天中最幸福的时光。爱情，如花儿般在她心底绽放。

她找各种借口接近他，假装跟他学播音、唱歌，不着边际地瞎聊。面对她凌厉的攻势，他却笨得像块木头，毫无察觉。她放下校花之尊，狂追了他半年，却毫无进展，渐渐有点急了。都说，女追男隔层纱，而她，分明觉得，面前有大山阻隔。爱情的魔力，让她无所畏惧，哪怕翻越崇山峻岭。

一个周末的晚上，她约他到操场见面。月光皎洁，校园里的丁香花争奇斗艳，她都看不见，心里只有他。她鼓起十二分勇气，勇敢向他表白:“木头，我想跟你交朋友！”他居然波澜不惊，长时间沉默，然后坚决摇头。他不是木头一块，她对自己的百般好，早就心明如镜，可是他家里太穷，无法许她一个明媚的未来。正因为爱她，才不得不忍痛割爱，断然拒绝。她穷追不舍:“不怕，有我在，我们一定会幸福！”窗户纸上捅了个大窟窿，话都说到这个份上，还有什么理由拒绝呢？他无路可退，乖乖投降了。

他们有了温馨的小家，婚后的日子幸福甜蜜。她有一双神奇的耳朵，一枚硬币掉在地上，她只要听声音，就能分辨出，是五分的还是一角的。凭着过人的听力，她成了一名出色的钢琴调律师。他心甘情愿退居幕后，尽心尽责当她的“贤内助”，小心翼翼地守护这份来之不易的幸福。

二十年光阴，如泉水般缓缓流淌，波澜不惊。一场突如其来的意外，打破了原本平静的生活。她出门上班时，忽然被一辆电动车撞倒，当场飞出好几米远。断胳膊折腿她都不怕，最可怕的事情还是发生了，耳朵受伤，听力严重受损。她的一只耳朵出现耳鸣，嗡嗡作响，每时每刻仿佛都听到大海的惊涛骇浪。她的耳朵无比珍贵，失去了精准的听力，不仅意味着她的职业生涯就此终结，也彻底击溃了她对生活的信心。刚受伤那段日子，她陷入了绝望，拒绝治疗。他说：“不怕，有我在！”在她最艰难无助的时刻，他用厚实的肩膀撑起了她的天空，让她重新拾起生活的勇气。三个月后，她的听力逐渐恢复，完好如初。

我在电视上看到这对中年夫妇，静静地聆听他们的爱情故事，心渐渐被濡湿。她和他十指相扣，并肩坐在沙发上，深情回忆那些甜蜜的过往。她脸上挂着幸福的泪花，依旧如当年那般热情开朗，讲到精彩之处，常常惹得笑声四起。他安静地坐在旁边，大庭广众之下与妻子牵手，似乎很不自在。他不善言辞，只是专注地倾听妻子诉说，偶尔点头回应她，然后憨憨地笑，像忠实的听众。

主持人问她：“我特别想知道，在您的心里，幸福是什么？”她说：“跟我爱人一起携手，一起度过困难和高兴的时刻，一起笑对人生，这就是幸福。是他让我获得了第二次生命，能清楚听到所有的声音，这就是老天对我最大的恩赐！”她和他都是盲人，两人在盲校相识相恋，一起牵手走过二十年。

“给你一张过去的CD，听听那时我们的爱情……”每次听到这首歌，内心立时便澄澈宁静。总是想起那对盲人夫妇，被他们的爱情感动，幸福原来如此简单。尘世间有太多喧嚣，每天驱赶着我们忙忙碌碌，也许我们都走得太快，目光盯得太远，以至于错过了身边最美的那道风景。爱，要用心去聆听。

乱世飘零乱世情

才子佳人，神仙眷侣，从来只活在浪漫文人的笔下。李清照与赵明诚的结合，却让人们千百年来对婚姻最美的想象变为现实，仿佛从戏文里走出来。少女时代的李清照，便已是名动京城的才女，年轻的赵明诚则是北宋最高学府太学的高材生，天之骄子，才华横溢。二人均出身书香门第，官宦世家，门当户对，天作之合，不知惹来多少艳羡与嫉妒的目光。

夫妻俩志趣相投，互相仰慕，婚后的日子幸福甜蜜。赵明诚曾对李清照的才华不服，他闭门谢客，三日内连写了五十首词，然后全部送给朋友点评。他要了一个小动作，故意把李清照新写的一首词夹了进去，却不明说。朋友不知情，老实说道：“你写了这么多，我看只有三句最好。”赵明诚忙问是哪三句。朋友答："莫道不消魂，帘卷西风，人比黄花瘦。"正是李清照的名句，赵明诚哑然失笑。

赵明诚是著名的金石学家，夫唱妇随，在丈夫的影响下，李清照也爱上了文物鉴赏与收藏。赵明诚在淄州做官时，有一次，在外面寻访到一套白居易手书的佛经。他欣喜若狂，连夜骑上快马，一路狂奔回家，要与爱妻分享喜悦。当他赶到家中，已是三更半夜，点起蜡烛，夫妇俩举杯对饮，共赏奇珍，直至后半夜仍意犹未尽。

那是一段神仙般的日子，不料一声炮响，金人南下。北宋灭亡，山河破碎，金人的铁蹄踏碎了这个美满的家，遭遇一连串的变故后，赵明诚突然病逝。这一年，李清照四十六岁。作为女人，她失去了最有力的依靠，天塌地陷！她毫无准备，甚至来不及悲痛，就不得不独自面对一切。她一面逃亡，一面将丈夫生前收藏的大批文物转移南下，那是她和丈夫毕生的心血，比生命还重要。可是，几经颠沛流离，绝大部分文物都在战火中散失殆尽，她的心碎了。

宁为太平犬，莫作离乱人。一个无依无靠的弱女子，带着所剩无几的文物，背井离乡，在经历了长期战乱与逃亡之后，仿佛惊弓之鸟，心胆俱寒。恰在此时，另一个男人走进了她的生活，此人正是张汝舟，时任军中七品官。她太累了，太需要一个避风的港湾，一个可以依靠的肩膀。当张汝舟派媒人送来婚帖时，她坦然接受了，既为自己，也为那些比生命还珍贵的文物找一个安定的家。

李清照下嫁张汝舟，现在看来很平常，在当时却激起千层浪。宋代封建社会，女人夫死再嫁，被认为是失节，是丢人现眼的丑事。"忠臣不事二主，烈女不嫁二夫。""饿死事小，失节事大。"何况李清照是名满天下的才女，她的娘家和以前的夫家，均是高官名流。可想而知，当她决定走出这一步时，需要多大的勇气。她不愿理睬文人士大夫们的冷嘲热讽，只想安安静静地走完余生。可是，她错了。

她能看准千年以前的文物，却看不透近在咫尺的人心。结婚之后，她才发现，自己一生的名誉和后半生的幸福，竟托付给了一个猥琐下作的男人。张汝舟真正看中的，其实是她的文物。他很快就露出了真实面目，品行不端，而且动不动就对李清照拳脚相加。结婚不到三个月，她忍无可忍，愤而提出离婚。

一波未平，一波又起。在男权社会里，李清照此举，无异于惊世骇俗。当时的社会背景，只有男人才有权利休妻，女人通常是没有资格提出离婚的。张汝舟自然不屑一顾，干脆耍起了无赖，但是他太低估了这个外表柔弱的女人。李清照迫不得已，只好向朝廷告发，揭露张汝舟弄虚作假骗取官职。

这桩名人离婚官司立刻轰动朝野，闹得满城风雨，甚至惊动了宋高宗。皇帝亲自下令查办，后经查证，检举属实，张汝舟被撤职流放。宋朝法律：如果丈夫被流放，妻子就可以提出离婚；同时又规定，妻子告发丈夫，如果丈夫被定罪，妻子也要坐两年牢。李清照当然明白其中利害，为了挣脱张汝舟，宁可玉石俱焚。幸运的是，在朋友的帮助下，她只坐了九天牢，就被放出来了。

她打赢了官司，却不可能战胜一个时代。她敢爱敢恨，却被视为离经叛道，形象尽毁。时人对此多有讥讽之言，说她“晚节流荡无归”“无不笑之”，就连她自己也认为“晚节不保”。晚年的李清照，背负着嘲讽与骂名，在孤苦寂寞中打发时光。“寻寻觅觅，冷冷清清，凄凄惨惨戚戚。”她只能活在回忆中，用那凄婉清丽的文字，寄托对丈夫赵明诚的无限哀思。

自古红颜多薄命，李清照这一生，几乎遭遇了一个女人可能遇到的所有不幸：国破家亡，乱世飘零；中年丧夫，再嫁又离婚；老来无子，孤苦伶仃。上天对她如此不公，却又如此眷顾，万千才华集于一身。她奋起抗争，最终敌不过无形的命运之手，她的悲剧，毋宁说是时代的悲剧。当南宋小朝廷偏安江南，不思进取时，她积极主张北伐收复故土，并写下了铿锵悲壮的《夏日绝句》：“生当作人杰，死亦为鬼雄。至今思项羽，不肯过江东。”壮怀激烈，不让须眉。

宋高宗绍兴二十五年，公元1155年，一位七十二岁的老人，在凄风冷雨中溘然长逝。一代词宗，悄然陨落，临安城内繁华如故。“倚门回首，却把青梅嗅。”字里行间，绿树花丛，我们仿佛又看到当年那位多情少女。

长歌当哭！多少爱恨情仇，都已烟消云散，只留下千古绝唱，任后人凭吊。“物是人非事事休，欲语泪先流。”乱世成全了她，又捉弄了她。

藤缠树

她和他是大学同学，又是老乡。刚开学不久，学校组织文艺汇演，班上要出一个节目，她和他被同学们硬推了上去。男女声二重唱，他们只会唱这一首歌，没想到还成了班里的保留节目。从此以后，只要学校有演出，准是他俩上。这首歌，从开学唱到了毕业。毕业分配，两个人同时回到家乡教书，又在同一所中学。

一切都变得顺理成章，她羞答答地挽起了他的手。两个人都是学校的骨干，事业蒸蒸日上，一切都那么美满，她却病倒了。胰岛素依赖性糖尿病，医生搬出一部砖头厚的医学书给她看，只看到一句话，她就已满脸泪水——“糖尿病是一种终身疾病”。那时，她还不到三十岁，孩子才两岁，一颗心已坠入无底的深渊。

他却像个没事的人，轻描淡写地说，哪有趟不过的河，有病就治病呗。说起来容易，但她必须终生注射胰岛素，每天三针。请护士根本不现实，他必须学会打针。他第一次握着针管时，就像张飞拿起了绣花针，手忙脚乱，连扎了三次，才勉强把药水打进去。她疼得脸都变了形，却一声没哼，他看在眼里，满脸歉意，说你先忍忍，慢慢就好了。

果然，他的技术突飞猛进，一次比一次打得好。他还自鸣得意，说打针其实一点不难，只要掌握三字要诀就行了，那就是“稳、准、狠”。话音刚落，他已拔出了针头，她甚至没感觉到疼，心想他的悟性确实不错。直到她突然发现，他的左臂上布满针眼，才明白了是怎么回事，眼泪止不住就下来了。

他成了她的专职护士，兼代课老师，只要她的身体一有状况，他就要随时顶上。下班回家，他还得买菜做饭，照顾孩子，就连晚上睡觉，也要绷紧神经。注射胰岛素容易引起低血糖，严重的时候会导致昏迷，晚上睡觉时尤其可怕，如果发现不及时，就会一睡不醒。好几次，她在睡梦中昏迷过去，都被他及时发现，才化险为夷。

日复一日，年复一年，他像个身在前线的战士，时刻要保持一级战备状态。她不知道，他到底有没有睡过一个安稳觉，每次问他，他就笑，说两个人在一起时间长了，会有心灵感应的。她信了。终于有一天，她忽然半夜醒来，发现他正睁大眼睛盯着自己。四目相对，她的眼眶湿润了。

她的病情渐渐稳定。他偶然在报上看到，在美国可以移植胰腺，有可能根治她的病，但需要高昂的医疗费，两个人当教师的工资加起来，就算几十年不吃不喝也不够。为了多赚钱，他想到了改行，考律师。她却坚决反对，他本来是学理科的，人到中年，要从头学习法律，还得通过严格的司法考试，谈何容易？他已经够辛苦了，她舍不得再让他去拼命。更何况，他的事业正处在上升期，再过几年，极有可能成为最年轻的校长。可他心意已决，怎么劝也没用，只要能让她过得更好，他什么都不在乎了。

他开始自学法律，白天上课做家务，晚上复习，直到凌晨两点才能上床睡觉。他拼了命，两年后，终于考上律师。为了她，他放弃了稳定安逸的工作，放弃了升迁的机会，从头再来，几年辛苦打拼，终于有了起色。他又把全家从北方迁到了南方——南方气候温润，有利于她的关节炎康复。她是他的圆心，他这一生都在围着她转。她心疼地问他，为何要这样拼命？他认真地说，我害怕，怕有一天会失去你。

老同学聚会，大家仍没忘记拿他俩起哄，都记得当年那个经典节目。在热烈的欢呼声中，她和他又被硬推了上去，一如二十年前的初遇。唯一不同的是，他已不像当年那般青涩腼腆，大方地拉起了她的手，熟悉的旋律响起，依旧是那首老掉牙的男女声二重唱："连就连，我俩结交订百年，哪个九十七岁死，奈何桥上等三年……"

歌声婉转，伴着悠扬的葫芦丝，缠绵悱恻，丝丝入耳。古老的情歌，不老的爱情，这曲《藤缠树》，他用心唱了一生一世！

为爱走天涯

传说，爱神丘比特跟情人赌牌，女方以吻做赌本，丘比特以弓箭和箭鞘做赌本。不料丘比特霉运当头，不但输掉了弓箭和箭鞘，连同母亲的鸽子、麻雀等家当也输得精光。豆腐没吃着，反把底裤给赔掉了，丘比特输红了眼，最后孤注一掷，以两只眼睛下注，结果仍然一输到底。从此，爱神变成了瞎子。所以人们才说，爱情是盲目的，并非毫无根据。

偏偏有人不信，比如英国人艾伦·威尔斯。此人是伦敦一家公司的市场营销经理，年届而立，事业有成，却仍是光棍一条。艾伦决定主动出击，并制定了宏伟的全球相亲计划。为此，他在网上开通了相亲网站，声称要用一年的时间来寻找终身伴侣，只要有合适的女孩，无论天涯海角，不分种族国籍，自已都愿意前去相亲。

不惜成本，不计代价，艾伦似乎急红了眼。

在此之前，他曾有过无数次失败的相亲经历。有个女人拿出十年前上高中时的照片，硬说是自己现在的模样，结果可想而知，自然是见光死。另一位英国女孩，似乎对间谍007 情有独钟，约他在赌场见面，结果艾伦大失所望，此人对接电话的兴趣，显然大大超过了对艾伦的兴趣。在与伦敦女孩麦琪约会时，麦琪竟让艾伦跳进公园的湖里，他二话没说，纵身跃入冰冷的湖水中，却没有赢得女孩的芳心。艾伦事后认真总结，自己很傻很天真！

“我厌恶老套的相亲方式，穿着最好的衣服，花二百英镑请人吃晚餐，一切都是装出来的，不能展示真实的自己，也很难了解对方。”饱受打击的艾伦，终于对本国女孩失去了信心，于是才萌生了全球相亲计划。他的哥哥正好在航空公司工作，能为他提供打折的机票，万事俱备，只欠东风。

不出所料，相亲网站开通后，世界各地的约会邮件像雪片一样飞来。艾伦兴奋不已，满怀期待，踏上了全球相亲之旅。在加拿大，他见到了二十八岁的美国姑娘尼基，美国宇航局的火箭专家，两个人迅速坠入爱河，却无疾而终。此后，他又到过巴黎、布达佩斯、芝加哥、温哥华……最离奇的事情发生在澳大利亚，女孩为了考验艾伦，先后让他和海豚共泳，陪鲨鱼潜水，最后又从飞机上跳下来。艾伦通过了考验，却未能抱得美人归。

为了寻找爱情，艾伦几乎走遍全球，上天下地出生入死，无奈爱人仍在千里之外。时间已过去近一年，孤单的艾伦身心俱疲，沮丧万分，但仍不死心，依然奔走在漫漫相亲路上。他准备再往澳大利亚相亲，就在他上飞机之前，忽然收到一封奇特的来信，信中只有一个U盘。坐在飞机上，艾伦拿出笔记本，打开了U盘，里面有音乐、照片和一封信。写信的女孩名叫克莱尔，她说，愿意陪他到地球的任何一个角落去寻找梦想！美妙动人的音乐，在万米高空轻轻飘荡，丝丝入耳，艾伦心有所动。

艾伦去泰国进行了第五十三次相亲，与以往不同，这次相亲的对象并非当地女孩，而是远道而来的克莱尔。这是艾伦的最后一次相亲，从泰国回来，他立即关闭了相亲网站，并解释说：“如果再不关掉，克莱尔会不高兴的。”得意之情溢于言表。艾伦不远万里，辗转十三个国家，前后历时一年，终于成功告别了单身。虽然路上找得辛苦，到底有了圆满的结局，许多人都为他松了口气。

故事到此本该结束了，只是有必要补充一点。克莱尔其实是个英国女孩，也在伦敦工作，而且与艾伦住在同一条街，唯一不同的是，两个人每天出门上班时，一个向左走，一个向右走。艾伦为爱走天涯，最后却发现，原来真爱就在咫尺。“众里寻她千百度，蓦然回首，那人却在灯火阑珊处。”如果艾伦知道中国有个辛弃疾，想必该五体投地了，起码能省掉许多冤枉路不是。

爱情是个珍稀动物，往往不属于精明的猎手，主动出击的结果，多半是空手而归。真正的爱情就像打喷嚏，强求不来，但总会在不经意间和你撞个满怀，到那时，你躲也躲不了。不如顺其自然。

听说爱情会回来

忘了谁说的，最憨态可掬的水上运动，莫过于一个人坠入爱河。天阔的爱情故事，就是从游泳馆开始的，他去给那里训练的听障运动员送外卖时，第一次见到了可人的秧秧。

纯净如山泉的脸庞，调皮的眼神，还有她跑起来一蹦一跳的古怪姿势，都让他魂不守舍。

秧秧站在游泳池边，用力挥舞手里的旗帜，给姐姐加油鼓劲。她是来陪姐姐训练的，姐姐是听障游泳队运动员，正积极备战即将举行的听障奥运会。天阔是个快乐的外卖小子，父母开了一家小快餐店，他每天的工作，就是骑着自行车吹着口哨四处送外卖。于是，有了两个人在游泳馆的相遇。看到秧秧用手语熟练地与姐姐交谈，天阔主动上去用手语跟秧秧打招呼，他心花怒放，没想到在大学学会的手语，此时居然派上了大用场。

“第一次看到你的时候，觉得你好像一只水鸟，踩着水就能飞高飞远。”在 MSN 上，天阔迫不及待地告诉秧秧。或许是出于自我保护的本能，秧秧始终谨慎地与他保持距离，若即若离，到后来干脆避而不见。天阔无药可救地爱上了秧秧，给她送漂亮的水鸟储钱罐，还把自己装扮成一棵树，傻傻地守在她家门口。

看台湾电影《听说》，刚开始感觉怪怪的，仿佛穿越了百年历史，又回到了无声电影时代。片中人物对话大部分是手语加字幕，各种背景声音也被刻意淡化，喧嚣的大街忽然变得安静，仿佛能听见阳光落在地上的声音。当你用心去聆听，就看见了纯粹。

“聋人要靠视觉来辅助听觉的不足，如果看不见就会不安。”

“我向你保证，我要让你看见我对你的爱！”

无声的手势，传递出爱的信号。善良的秧秧同样深爱着天阔，却不敢接受这份爱情，起因是一个哭笑不得的误会。天阔的手语学得非常好，为了不伤害秧秧的自尊，从未在她面前开口说过一句话，只用手语和她交流。秧秧误以为天阔也是聋人，如果接受了天阔，就无力再照顾聋人姐姐。她向往爱情，却无法割舍亲情。

秧秧和姐姐从小相依为命，为了让姐姐专心训练，她独自担负起了养家的重任，同时打好几份工。为了帮助姐姐实现冠军梦想，她努力打拼，宁愿放弃自己的一切，包括爱情。姐姐看出了秧秧的心思，极力劝她去追求自己的爱情，用手语告诉她："相信我，我可以独立。如果有一天你离开我，像水鸟一样自由飞翔，我会很高兴。"秧秧终于答应天阔，愿意去见他的父母。

听说儿子要带一个聋人女朋友回家，父母曾有过犹豫，但还是尊重了儿子的选择，并决定去学手语，准备迎接未来的儿媳妇。当天阔领着秧秧第一次走进家门时，善良的父母欢天喜地，可惜手语没学好，手忙脚乱比画了半天，秧秧却不知所云。他们只好拿出事先写好的纸条："你愿意嫁给我们家天阔吗？"天阔觉得父母太唐突，急得大声嗔怪道："你们就别添乱了，人家还没答应做我的女朋友呢。"屋里瞬间变得非常安静，秧秧忽然开口说话："我愿意！"声若银铃，轻轻柔柔，仿佛天籁之音。面面相觑，所有人都惊呆了。

"原来你听得见？"

"原来你也听得见！"

两个人从第一次见面开始，就一直以手语交谈，互相都误以为对方是聋人。原来是个美丽的误会，一部纯粹的青春爱情片，忽然有了悬疑色彩。相爱的人终于走到一起，天阔看到秧秧床头摆放着一排一模一样的水鸟时，大感好奇。

"我送你的水鸟，怎么多了这么多兄弟姐妹啊？"

"因为我每想你一次，就丢一块钱进去，不知不觉它就满了，所以只好再买新的。”

窗外有风，吹过寂寂的林梢，爱情此刻在轻轻唱响。傻傻的爱情，暖暖的亲情，还有执着的梦想，影片处处给人以温暖和鼓励。静静地体悟，心情像淋过细雨的天空，纯净而又湿润，忽然好想安安静静地谈一场恋爱。

不久后的听障奥运会，秧秧的姐姐也终于梦想成真，拿到了金牌。“梦想跟爱情都是很奇妙的事情，不用听，不用说，也不用翻译，就能感受到它。”导演用最后一行字幕为影片画上了圆满的句号。爱情与梦想确有相似之处，不管有多么难，只要你努力去追，就会有意想不到的收获。

矫友田

1973年生于青岛，《读者》《思维与智慧》等期刊签约作家。迄今已出版《抚慰一生的智慧茶》《生命的慰藉》《图说老手艺》《火舞的蝴蝶》等作品近二十部，与人合著、主编图书三十余部。曾获冰心图书奖等。

刺 青

她和他，是在出演同一部片子的时候认识的。他俩都是极具潜力的年轻演员。在片中，他俩扮演的是一对生死相依的恋人。片子还没有拍完，他俩的心已碰撞出爱情的火花，假戏真做，成了一对真实的恋人。

在他俩相恋的第一个情人节前夕，她很认真地问："这一辈子，你能保证只爱我一个人吗？"

他毫不犹豫地点了点头。

在情人节那天，他俩送给对方的礼物不是玫瑰，而是相约走进一家设施豪华的美容院，并请一位有名的文身师，彼此将对方的名字刺在腰的一侧。他身上的图案是一只蝴蝶，她身上的图案是一朵玫瑰。只要仔细辨认，就会发现，那两个图案其实就是对方名字的艺术字体。然后，他俩去了一家咖啡屋，静静地浪漫了一整个下午……

两年后，他却移情别恋，喜欢上了另外一个女孩。当她发现他的隐情之后，伤心地问他道："你难道忘了我们曾经的许诺？"

他尴尬地解释说："那些爱虽然刺入肌肤，但是并没有真正渗入内心。"

她极力抑制着内心的伤痛，并佯装坦然地接受了他分手的请求。因为她心里清楚，失去了心，爱情就没有多大意义了。为了从伤痛中摆脱出来，她去做了皮肤修复手术，将腰间的那一朵玫瑰抹去了。但是，在刺青的地方却遗留下一块永久的疤痕。

不久，她选择了结婚。然而，这段婚姻持续的时间并不长，她又回到了独身。这两次失败的情感，并没有把她的精神击溃，她的事业反而渐入高峰。

而他在事业上的发展，并没有她顺畅。他结婚后，投资制作一部片子，半道却因为与他合作的两家公司撤资，迫使整个剧组停机。因此，他背负上了沉重的债务。

于是，他只有通过拼命演出，赚取出场费来偿还债务。更令他无法接受的，是新婚不久的妻子竟然向他提出了离婚。此时，他才深深懊悔自己当初的选择。

就在他进退两难之际，她挺身而出，以朋友的名义无偿借给他资金，使得那部搁浅的片子重新开机。在片子完成之后，她还积极帮助他做前期的宣传。

他的片子引起不错的反响，票房收入也不错。他不但偿清了所有的债务，而且还为下一部片子的开机积累了丰厚的资金。

他内心最感激的一个人，就是她。可以说，他眼前的所有荣誉和收益，都是她给带来的。那一天，他单独约她，而且选择的地点，还是他俩热恋时常去的那家咖啡屋。她，如约而至。

他异常动情地说："眼前所有这一切，都是你给我带来的，我应该怎样感激你呢？"

她淡然一笑，说："不用说感激这个词，这些都是我情愿做的。"

他的眼圈红了。

沉默了许久，他才鼓足勇气，讷讷地说："听说你已经……我俩……能否再——"

她却打断了他的话："我知道你想说什么，但是这不可能。"

他茫然地问："那你为什么还要帮我呢？"

她释然地笑了，而后，异常认真地说："有些感情，就像修复过刺青的肌肤一样，虽然表面的伤痛抹去了，但其实它已烙在了心上。烙在心上的痛，已不适合再在肌肤上表露了。"

说完，她起身告辞。他则神情木然地待在那儿。后来，他听说她去加拿大定居了，再以后的情况，对于他来说，已成为一个永久的谜。

背爱走天涯

每次晨练的时候，我总会经过一片荒地。半个月前，那片荒地上忽然搭起数排工棚。有十余辆挖掘机在同时施工，场面十分热闹。听说，那片荒地上要建造一个居民小区。

只要出去得早，我在半路上总会遇见一对特殊的中年夫妇。男的身材敦实，肤色黧黑，穿着一身浅蓝色的工装。女的身形瘦小，坐在一辆陈旧的轮椅上。男的一边推着轮椅，一边跟她说着话。她的脸上，则挂着一种祥和的微笑。

我通过男子身上所穿的工装，能够猜测到他应该是来自附近那个工地上的。可是，令我不解的是，他为什么每天早晨都要推着残疾的妻子出来散步呢？

刚开始，我从他们身边经过的时候，只是朝他们微笑地点一点头。而那个男人却很热情地抬起手来，操着浓重的河南口音跟我打招呼。女的则静静地笑着，注视着我，笑容里隐含着一丝羞涩。

那天早晨，刚刚下过一阵雨，我认为不会遇见他们。然而，当我跑到半途的时候，远远看到了他俩。此时，他俩好像走得有点累了，抑或是特意停下来驻留一会儿，说一说悄悄话。轮椅就停在路旁，男人蹲在旁边，一边抽着烟，一边凝望着远处的庄稼。

我跑到他俩近前的时候，便停了下来，问道："你们是那个工地上的吧？"

男人赶紧起身，笑着说："是的，我们来这儿已经一个多月了。"

随后，他掏出一支香烟递到我的面前。当他知道我不吸烟之后，才将手收了回去。然后，我们便聊了一会儿。

原来，在他们的儿子刚上小学的那年秋天，他的妻子突然患病，竟无法下地走路。后来，经过医生诊断，她患的是一种比较罕见的小脑病变，几乎没有治愈的可能。因此，他放弃了工作，守在家里照顾妻儿。两年之后，他们所有的积蓄都花光了。而妻子的病情也愈加严重，她只能躺在床上，生活无法自理。

因为家庭生活困难，最后他只好想出这样一个办法，那就是带着妻子外出打工。此后，在十余年的时间里，他背着妻子跟随这家建筑公司辗转了六七个城市。他还告诉我，他很感激自己的老板和那些工友。因为这么多年来，他们从来没有因为他带着妻子打工而嫌弃他。他还感激自己的妻子，她因为无法行走，每天只能待在工棚里，而一天当中，他只能在清晨的时候，陪她出来“走”一会儿，但是妻子从来没有一丝抱怨。说到这儿的时候，他的眼圈泛红了。

这时候，女人动容地插话说：“刚患病的时候，我有几次犯傻，想到过自杀。现在，他背着我走了这么多年，我就像长在他脊梁上的一块痣了，剜也剜不下去。”

听妻子说出这番话，男人挠了挠头，憨厚地笑了。

我又问道：“你们出来打工，那你们的儿子呢？”

女人的眼睛里倏然溢满了泪花，而后欣慰地说：“明年，他就大学毕业了。他从小就听话，读大学这几年，他总是一边读书一边打工，几乎没有跟我们要过钱。他还说，等他毕业之后闯出一番事业来，就让我们好好享一下清福。”

男人也在旁边点着头说：“是啊，等儿子有出息了，我就背她回老家，过一过安稳的日子。”

此时，我从他们的笑容里能够感觉到有一种深深的满足和期盼。

我不想再耽误他们的时间，便跟他们告辞，继续朝海滩的方向跑去。我在跑出一段距离之后，仍不由自主地回头张望。男人已经推着轮椅朝工棚的方向走去，他的脚步看上去异常坚实和从容。

蓦然，我的眼睛湿润了。想来，尘世间许许多多熠熠闪烁的爱情，往往就蕴含在那些平凡人的磨难生活之中吧！

柔柔的婚纱，浓浓的爱

那一段时间，朋友的婚纱影楼忙得不可开交，每天都要接待十几对年轻的情侣。于是，他就给我打来电话，让我过去帮他几天忙，按朋友的玩笑话说，是给我一个体验生活的机会。我告诉他，自己对摄影可是一窍不通。朋友在那头忍不住笑，说："你认为我真会赶鸭子上架啊？我是让你过来做'服务总管'的。"

朋友忙着带那些年轻情侣到海边取景去了，影楼里除了我这个"服务总管"，就剩下一名摄影师和一个负责化妆的女孩。我的任务就是负责接待一下顾客，并帮助摄影师搬一些道具啥的。

临近晌午的时候，一对老人彼此搀扶着，缓缓地走进影楼的接待大厅。我热情地迎上前去打招呼道："您好，需要帮忙吗？"

两位老人的头发都已经花白了，他迟疑了一会儿，终于鼓足勇气说："我俩是来补拍婚纱照的，可以吗？"而他的老伴没有言语，只是从一进门的时候，她的脸上就挂着一种慈祥的微笑。

我稍一愣怔，而后，礼貌地请两位老人在沙发上坐下。他始终牵着老伴的手，而她面孔上的微笑，就像定格了一样，始终都是那么温和、那么亲切。

此时，我啧叹道："老伯，你们老夫妻真浪漫啊。"

老人笑了，只是在他的笑容里隐含着一些苦涩和无奈；而后，他说："我俩结婚已经五十六年了，而今天的这个决定，其实是我俩这么多年来所做的最浪漫的一件事情，只可惜她感觉不到了。"说到这儿的时候，他侧过脸去深情地看了老伴几眼。

我听了之后，感到有一些迷惑。他显然看出了我的心思，解释说："你从她脸上的笑容里看不出来吗？只要我一陪她出来，她脸上的笑容就会一直这样挂着。在三年前，她患上了老年痴呆症，而且越来越严重了。现在，她已经认不出我和孩子，连吃饭都需要由我一口一口来喂她。"

我注视着眼前这两位老人，心中忽然萌生了一些感动。继而，他跟我简单讲述了他们的身世。原来，他现在已经七十八岁，而老伴年长他四岁。年轻的时候，他在外面做生意，母亲便在老家为他包办了这桩婚姻。婚后，他只在老家住了半个月，又到外面照顾生意去了，一年难得回家两次。她则一直守在老家照顾老人和孩子，任劳任怨。后来，因为战乱，他的生意破产，他才返回老家，与妻儿团聚。他们共生育了两个儿子和三个女儿，为了抚养孩子和照顾瘫痪在床的婆母，她吃了数不尽的苦，而且还同他一起逃过荒、挨过批斗。日子渐渐好起来之后，他俩也已经老了。

在老伴没有患病之前，她有一个最大的心愿，就是能够像现在的年轻人一样，到婚纱影楼补拍一张婚纱照。尽管儿女也多次怂恿，但是他一直感到有些难为情，认为都这般年纪了，会被年轻人笑话。因而，他就将老伴的这个心愿压了下来。

在老伴患上病之后，他才蓦然发现自己从前欠她的东西太多太多了，甚至连补拍一张婚纱照这样一个小小的心愿都没有帮她实现，他万分愧疚。于是，在他俩结婚五十六周年到来之际，他终于鼓足了勇气，陪老伴一起到婚纱影楼补拍婚纱照。

说到这儿的时候，老人的眼睛已经湿润了。

当那个负责化妆的女孩，陪着两位老人重新从化妆室里出来的时候，我们的眼睛顿时一亮，两位老人瞬间年轻了许多。他穿着一套白色的西装，打着一个黑色的领结儿；她则一袭白色的婚纱，脸上的笑容饱含着幸福和甜蜜。

此刻，她的心中，好像已经感觉到了丈夫为她付出的爱。

在摄影师为他俩设计造型的时候，那个负责化妆的女孩悄声问我："她的精神好像是有点问题吧？"

我点了点头，回答道："是的，但是你看他们的感情是多么圣洁啊。"

在摄影师按动快门的刹那，那个负责化妆的女孩，还有旁观的几对年轻情侣都不约而同地鼓起掌来。而我的眼睛里热辣辣的，竟发现自己好久没有这样感动过了……

幸福的花香

路口有一家小小的鲜花店，因为紧靠着站牌，行人很多，生意始终不错。鲜花店老板是一个四十岁左右的女人，长得十分文静。然而，她的双腿有残疾，只能坐在轮椅上招呼客人。帮她打理店面的是一个十七八岁的小姑娘，每天进进出出的很勤快。小姑娘的脸上也像那个女人一样，总是挂着恬静的微笑。

雨天的时候，女人就会让小姑娘，在漂亮的玻璃门上，贴出一张红色的小纸条："请到屋里避避雨吧。"

她是诚心的，因而无论店里多么拥挤，甚至有避雨的行人不慎将花筐里的鲜花碰走了样子，她都不会有一丝厌烦，仍微笑着跟身边的人聊天。

那是小姑娘来鲜花店工作的第一个情人节，外面一些鲜花店的玫瑰纷纷涨价，有的甚至涨了几番。小姑娘赶紧把她在外面发现的商情告诉了她。

她好像早就在意料之中了，平静地笑道："咱为什么要涨价呢？今天是一个多么好的日子呀！让更多的客人从咱的花店里把花香带走，不是一件很愉快的事情吗？"

刚开始，小姑娘还有些迷惑，但又不好追问，便懵懵然地转身招呼顾客去了。后来，小姑娘才渐渐明白，为什么像她这样美丽善良的人，至今仍孑然一身。原来，在她残疾的身后，隐藏着一个令人垂泪的故事：

那是在十多年前，她跟一个男孩相恋了。当时，她在一家酒店里做侍务生，他则在一家很小的公司里做营销员。虽然他俩都很穷，但是爱得很深，就像两只跌入蜜糖罐里的小老鼠。

她喜欢花。每到周末，他就会带她一起去爬山，采回来一大抱野花。然后，她就用采回来的野花，将租住的小房间装扮得漂漂亮亮的。

后来，一件意外的事情，打碎了她俩的幸福。那个晚上，她所在的那家酒店老板的一个朋友，在众多客人面前对她做出一些无礼的举动，结果被她冰冷地回绝。那个男人并不死心，偷偷将房间的门反锁上，然后借着酒劲，欲上前抱她。站在窗前的她，对他厉声警告道：“你再逼我，我就跳下去！”

其他的客人都认为她在说气话，对她无礼的那个男人趁势一把搂住了她。她愤怒地挣脱开他的纠缠，一探身跳了下去……

她虽然是从二楼跌下来的，但是她的髋骨仍严重摔伤。医生诊断结果出来，她以后即使恢复得再好，也只能在轮椅上生活，而且失去了做母亲的资格。

男孩发誓陪她一辈子，但她却哭着拒绝了。不久，男孩和朋友合伙创办了一家公司。后来，因为资金周转的问题，男孩的公司面临倒闭。她毅然将那笔被她视为耻辱的赔偿金交给了男孩。经过几年的拼打，男孩的公司越做越大，现在固定资产已经过了千万。

在那些日子里，男孩一次又一次地向她求婚，甚至将为她定做的婚纱都带了回来。然而，她的口气没有一丝商量的余地。

男孩知道，他永远都无法改变她的决定。他就将先前借她的那笔资金还给了她，并为她结算了一笔数目不小的利息。她没有拒绝。

她把那笔赔偿金全部交给了父母，然后用手中的利息作为投资，开了一家小小的鲜花店。在他新婚大喜之日，她托人给他送去一大束鲜花，上面只写着一句非常简单的祝福语：“祝你们俩白头偕老！”

他看了之后，泪水夺眶而出，令在场的客人愕然不已。

从此，他俩再也没有见面。

但是，每到她生日的那一天，她就会收到一束包装精美，由他亲手采摘的野花。在她的心里，怀中的那一束野花，比自己店内任何一束名贵的鲜花都要美丽一万倍。

小姑娘曾经见过，她拥着那一束野花，闭着眼睛微笑着，脸上写满了无限的幸福。在那一刻，小姑娘从那些淳朴而灿烂的野花上面，忽然发现了很多东西……

幸福像花儿一样

我去医院探望一位朋友时，特意到花店买了一个漂亮的花篮。朋友手术完不久，恢复得还不错。我将那个花篮放在她病床旁边的一个小几上。消毒水的味道，仍掩饰不住花篮里的鲜花释放出的芳香。

朋友让我帮忙，从花篮里抽一束鲜花，送给那个病床紧挨着窗户的女孩。我能够觉察出，坐在病床上那个略显腼腆的女孩和守在旁边的男孩是一对恋人。

我抽出几枝满天星和一枝玫瑰递给他们。女孩一脸感激的微笑，男孩则笑容憨憨地接过去，没有推辞。

他将那束花插到女孩床头上一个盛满清水的玻璃杯里。玻璃杯里原先插着一枝粉红色的月季花，已经有些枯萎了。

我笑着问他："你是从哪儿摘的呢？"

男孩听了，有些不好意思地挠了挠后脑勺，说："这是我趁买饭时，在楼下的花坛里偷偷摘的。前两天，被人家管理员发现了，挨了一通训，我就再不好意思摘了。可是因为她喜欢花，所以都蔫成这样了，也不舍得扔掉。”

于是，我提醒男孩，在附近有一家鲜花店，里面什么样的鲜花都有，而且还可以加一点钱，让店主配一些营养液，那样鲜花存放的时间会更长一些。然而，男孩听了之后，并没有感到惊喜，他只是尴尬地笑了笑。

这时候，女孩提议让男孩扶她到外面的走廊里活动一下。男孩俯身从床底下拿出一双棉布拖鞋，两只鞋对着轻轻碰了两下，他显然是担心拖鞋里不小心掉上异物，扎伤女孩的脚。他将拖鞋放到地上的时候，仍有些不放心地将手伸入里面试了试。而后，男孩才小心翼翼地将女孩搀扶下床，她活动仍然有些吃力，显然先前伤得不轻。

待他俩出去之后，朋友才告诉我，他俩都是从外地来这座城市打工的。一个多月前，她独自外出购物时，不幸遭遇了车祸，而肇事司机却逃离了现场。因为算不上工伤，公司只能给她报销一部分医疗费，剩下的大部分费用都出自他俩的积蓄。前一段时间，男孩的父母来过一趟，催促男孩尽快跟她分手。因为医生说过，她即使完全伤愈，腿部也会留下残疾。他们不会接受一个残疾女孩做儿媳，女孩也主动对男孩提出分手，因为不想为此而连累他一辈子。然而，男孩对自己所做的决定丝毫没有动摇。

此刻，我才知道他俩的处境。

朋友同情而又钦佩地说："每天都会有人手捧鲜花来医院里探望病人，那个男孩怎么能不知道附近有一家鲜花店呢？"

继而，朋友跟我讲了一件发生在病房里的事情：

朋友刚入院的时候，见他俩吃饭，女孩的饭盒里总是有香喷喷的肉丝和炸鱼啥的，而他总是看着女孩吃完之后，他才吃。

男孩的手中，总是一个馒头，外加几块咸菜条。很多时候，男孩就是一边喝着白开水，一边跟女孩开着玩笑，便咽下了手中的馒头。

因为不明真相，朋友曾在一旁善意地提醒过她："陪护可不是一件轻松的事情，你应该让他多吃一点菜，补充一下营养。"

女孩听了之后，泪水就止不住流了出来，她哽咽着解释说："开始，我也不肯这样。只要他不吃，我也就不吃。可是他却非常生气地告诉我——现在每一分钱都必须花在刀刃上，你如果真正体谅我，就不要在意这些，养好身体，早一些恢复出院，以后再补偿我。就从那一天起，我在心里告诉自己，他已经把心交给了我，还会在意这一点吗？我只有使身体尽快好起来，早一些出院。然后，我就可以继续工作了，用自己亲手赚的钱，为他做最好吃的菜，一辈子都这样。"

我听到这儿，眼睛有些潮湿了。

朋友和其他两个病友，除了同情他俩现在的处境，也为他俩真挚的爱情而感动。于是，他们三个和家人在背后商量决定，他们再去买饭的时候，会按照事前敲定的顺序，为男孩也买上一份。刚开始，男孩有些难为情，执意不接受。慢慢地，他就被大家的真诚感动了。

在病房里，男孩总是闲不住，他会抢着替别人倒痰盂、打开水，热心地帮助病人的家人，搀扶病人一起到CT室或化验室做检查。

我从病房出来的时候，在走廊里见到了那一对年轻的情侣。女孩好像走得有些累了，便坐在椅子上休息。她把脸埋在男孩的胸前，上面溢满了幸福的微笑，就像绽开的玫瑰一样，看不到一丝阴影和痛苦……

是啊，只要有爱做陪护，我想什么样的痛苦和磨难都能够承受。爱，会使每一个人的心中都开满了幸福的花朵！

李良旭

现居安徽马鞍山，《读者》《青年文摘》《意林》《格言》《特别关注》《思维与智慧》《微型小说选刊》等期刊签约作家。从事文学创作三十多年，已发表文学作品三百多万字，有多篇文章在全国文学大奖赛上获奖，并有多篇文章入选中考语文试卷和中学生课外阅读书籍。许多文章先后被收录在《带着智慧远行》《永远不要找借口》《智慧的人生不寂寞》《回回头看见爱》《修好自己的这颗心》《穿越时光的思念》等八十多部图书中。

痴痴地守着呆呆的你

“亲爱的，那天在大学图书馆里，我刚坐下，你就进来了。你坐在我旁边，像是鼓足了很大的勇气，对我说道，‘玛丽亚小姐，晚上我请你看焰火表演，好吗？’我扭头一看，见是一张年轻英俊的脸，看了这张脸，我不知怎地心突然怦怦乱跳起来。可我还是矜持道，‘我不认识你啊！’你羞涩一笑道，‘不好意思，我叫史蒂文森，是大三化学系的，你虽然是数学系的，可我关注你很久了，答应我，晚上我们一起去看焰火表演好吗？’看着你那急迫的神情，我‘扑哧’一下笑出声来。尽管你的邀请有些唐突，但我心里还是溢满了幸福和甜蜜。就这样，我认识了你。你的风趣和幽默深深地打动了我，和你在一起，我感到很幸福、很甜蜜。再后来，我就嫁给了你，一直走过了六十多年。亲爱的，‘晚上我请你看焰火表演’这句话，是你说的吗？”

每天，玛丽亚就会紧紧地握着史蒂文森的手，向他一遍一遍地述说着当年俩人相识的那一幕情景。每当说着这些，玛丽亚脸上就会泛起一缕甜蜜的笑容，眼前仿佛又浮现出那一幕醉人的情景。真真切切，如梦似幻。

这些年，史蒂文森得了阿尔茨海默症，也就是人们常说的老年痴呆症。自从史蒂文森得了老年痴呆症，身边的人渐渐地都不认识了，最后，连和他相依为伴的太太也不认识了，世界在他眼里变得一片混沌。他就像婴儿的眼睛，那么天真、幼稚。

客厅的墙上，挂着一幅史蒂文森和玛丽亚年轻时的照片。那时的史蒂文森年轻、英俊，笔挺的腰板，两眼深情地凝望着；那时的玛丽亚，妩媚、水灵，金黄色的头发，像瀑布似的披散开来。从俩人深情凝望的目光中，看得出，那时他俩很相爱，目光中流淌着水一样的柔情。

每当玛丽亚向史蒂文森讲述当年俩人相识的一幕情景，说道"'晚上我请你看焰火表演'这句话，是你说的吗"，就会听到史蒂文森从嘴中发出模糊的"哼哼"声，脸上浮现出一抹憨憨的笑容。

看着这笑容，玛丽亚就会幸福地笑着，说道："亲爱的，你还记得呢！真的，你还一直爱着我，我很幸福。"然后，玛丽亚俯下身子，在史蒂文森额头上轻轻地亲吻一下。接着，玛丽亚又将当年俩人相识的情景，讲述起来。讲述得很动听、很细腻，玛丽亚似乎又沉浸在那种甜蜜和幸福之中。

自从史蒂文森得了阿尔茨海默症后，玛丽亚就一心一意地承担起照顾好史蒂文森生活的重担。看到玛丽亚老了，身体也不太好，老年福利院多次来人要接史蒂文森到福利院去疗养。

玛丽亚紧紧握着史蒂文森的手，好像生怕史蒂文森跑了似的，坚定地说道："不用啊，老头子离不开我啊，在我眼里，他一点没有痴呆，因为他还记得当年我俩相识的情景。"说罢，玛丽亚又将当年俩人相识的情景叙述起来，当说道"晚上我请你看焰火表演"这句话时，听到史蒂文森从嘴中发出模糊的"哼哼"声，玛丽亚兴奋地连声说道，你们看，那么遥远的情节，他还记得这么清晰，这是多么不容易啊！

人们听了，眼睛里一下子噙满了泪水，一个个地走上前去，轻轻地拥抱着玛丽亚，哽咽道，玛丽亚，您太幸福啦！我们真羡慕您，您有一个永远爱您的史蒂文森。

玛丽亚听了，幸福地笑了，笑得很舒心、很明媚，好像连眉毛都在笑哩。

有网友将玛丽亚和史蒂文森的爱情故事和照片发到网上，俩人的爱情故事立刻吸引了大批网友，人们被玛丽亚与史蒂文森的爱情故事深深地感动了。

许多网友在网上留言，他们说，爱，不是鸟语花香；爱，不是海誓山盟；爱，不是金钱奢华。真正的爱情，就是你得了阿尔茨海默症，我还一直痴痴地守着呆呆的你。那温暖的目光里，流淌的全是浓浓的真情，哪怕你不认识我是谁了，但这又有什么关系？因为我认识你啊，你一直就是那个“晚上我请你去看焰火表演”的那个人。那个人早已成为自己生命的一部分：刻骨铭心，永不磨灭。

痴痴地守着呆呆的你，玛丽亚与史蒂文森那一幕幕温暖的画面，丝丝缕缕，浸入人们的心海里，化作了生命中永恒的温暖和感动。

凄美的“梦想小屋”

泰勒一莫里斯曾是美国麻省理工大学的一名学生。大学毕业后，他告别了心爱的女友丹尼尔，参加了美国海军陆战队，成为一名美国海军陆战队士兵。

在军队里，莫里斯主要负责拆除埋藏于地下的炸弹，为部队扫清前进中的障碍。这项工作，既惊险又刺激，但莫里斯胆大心细，无论什么样的炸弹，他都能熟练地拆除。在部队练兵中，他多次获得优异成绩，他被战友们称为“拆弹专家”。

丹尼尔对莫里斯从事这项工作，心里是既担心又自豪。担心的是莫里斯从事这项工作很危险，稍有不慎，就有可能发生巨大的灾难；自豪的是莫里斯是一个真正勇敢的人，她为自己拥有这么一个男朋友，感到十分骄傲和自豪。

2011 年 3 月，二十三岁的泰勒—莫里斯被美军派往驻阿富汗参加围剿塔利班残余势力的行动。莫里斯在电话里告诉丹尼尔，等他执行完派驻阿富汗任务回国后，就和她结婚，然后在家乡俄亥俄州普斯鲁那条清澈的心型湖边盖一幢“梦想小屋”，在这里，他要和她营造出他们浪漫的爱情，他要一生一世地保护好她。

丹尼尔听了，心里溢满了幸福和甜蜜。那个美丽、温馨的“梦想小屋”，在她心里描摹了一遍又一遍，她想，那个“梦想小屋”，一定是天底下最浪漫、最温馨的小屋，她要和莫里斯在那个小屋里，相亲相爱，厮守终生。

但她想到莫里斯就要奔赴阿富汗战场了，心里面不禁又溢满了惆怅。她知道，阿富汗是一个十分危险的地方，许多美军士兵都阵亡在那里。她只能再三叮嘱莫里斯，要他注意安全，她要等着他平安归来。

莫里斯笑道，有她的爱保护着自己，他一定会平安无事的，他还要健健康康回来，共筑他俩的“梦想小屋”呢。

莫里斯到了阿富汗战场后，丹尼尔也把自己满满的牵挂和不安带到了阿富汗。每天，她都要收听收看美军在阿富汗战场上的战况报道，每当有美军士兵阵亡的消息传来，更是让她寝食不安。她在心里一遍遍祈祷着，希望上帝能保佑她的莫里斯平安归来。

2012年5月3日，在美军驻阿富汗坎大哈军事基地，莫里斯接到上级指令，要他立刻赶往坎大哈省附近一处地点执行拆弹任务。

莫里斯接到任务后，立刻和队友们赶到了指定地点。现场情况不禁令他倒吸一口凉气：只见杂草丛生的一条路段两边埋藏了许多极其隐蔽的炸弹，这些炸弹，阻碍了美军士兵行进的安全。这些炸弹多是塑料装置，探测器根本无法探测到，必须要小心翼翼地用手拨开草丛，用肉眼去仔细观察，然后才能将引爆装置拆除。

莫里斯小心翼翼地拆除了一个个塑料炸弹的引爆装置，他的队友们隐蔽在他身后，看到莫里斯伏卧在地上拆除了一个又一个炸弹，不禁为莫里斯的高超技术赞叹不已。

忽然，只听到莫里斯大叫一声，不好，我踩到地雷了。原来，莫里斯刚刚拆除了一枚炸弹，他将脚刚刚挪动了一下，就感觉到了不对劲，职业的敏感告诉他：他踩到地雷了。

他知道，此时，留给他的时间只有六秒钟，六秒钟后，那枚炸弹立刻就要爆炸。他马上告诫身后的士兵，让他们不要靠近自己。士兵们都为他捏了一把汗，但也都无能为力，只能无助地看着他，希望奇迹能够发生。

奇迹终于没能发生。随着一声巨大的爆炸声，莫里斯被炸向空中。在空中翻滚中，他清楚地看到了自己的四肢，随着硝烟在天空中支离破碎地飞舞着。透过弥漫的硝烟，他看到阳光在他那被炸飞的四肢上散发出耀眼的光芒。

莫里斯被重重地摔在地上。很快，他被直升机运往坎大哈美军战地医院，经过紧急处置后，他又被转到美国驻德国的空军基地进行进一步治疗。

丹尼尔得知莫里斯受伤的消息后，立刻乘飞机飞往德国。在美国空军基地，她终于见到了日夜思念，可如今已全身缠满绷带躺在病床上的莫里斯。

眼前一幕，令她心碎不已：这就是自己心爱的莫里斯吗？原来一百八十九厘米身高的莫里斯，现在只剩下几十厘米的一个滚圆的“皮球”了，他身上插满了管子。丹尼尔伏在病床上，双手捧起莫里斯的脸，哽咽地说道，亲爱的，你受苦啦！

莫里斯看到眼前的丹尼尔，眼睛一亮，他想伸出手去拥抱丹尼尔，可是两只胳膊已没有了，他想坐起来，可是两条腿也没有了。他的泪水不禁从眼眶里滑落出来，他哽咽地说道，亲爱的，你走吧，我再也不是过去的莫里斯了，我现在只是一个没有四肢的残疾人了。

丹尼尔听了，顷刻间，泪如雨下，她不停地亲吻着莫里斯的脸颊，坚定地说道，不，从今往后，我就是你的手和腿，我还要在我们的“梦想小屋”里，相守一辈子。

莫里斯听了，泪水不禁再次夺眶而出。这个硬汉，当炸弹炸去他的四肢，他没有哼一声，可是，当他听到丹尼尔的真情表白后，再也控制不住内心的情感，泪水一次次地滑过面颊……

有丹尼尔在身边，莫里斯身体康复得很快。三个月后，他就安上假肢，进行简单的康复训练了。在丹尼尔的鼓励和爱的滋润下，莫里斯渐渐地能用假腿行走了，能笨拙地用假肢端起一杯水了。这每一点、每一滴的进步，在丹尼尔的眼里，都是一种神奇和不朽。

莫里斯出院了。丹尼尔搀扶着莫里斯，深情地说道，亲爱的，我们回家吧！我们还要在家乡那条清澈的心型湖畔盖一幢我们的“梦想小屋”呢。

莫里斯凄凉地说道，亲爱的，请原谅我吧，我再也实现不了我那爱的诺言了，我现在成了残疾人了，自己的生活都需要你照顾，再也盖不起那幢“梦想小屋”了。

丹尼尔眼睛里闪现出无限柔情，她坚定地说道，不，还有我呢，让我来盖起那幢“梦想小屋”吧。

丹尼尔搀扶着莫里斯回到了家乡俄亥俄州普斯鲁小镇。在心型湖畔，丹尼尔开始实现莫里斯爱的誓言，她开始筹划盖一幢被他俩憧憬过无数次的“梦想小屋”。

他俩凄美的爱情故事，在小镇上传播开来，感动了无数小镇上的人们。人们纷纷赶来，帮助他俩盖那幢“梦想小屋”。那幢“梦想小屋”，在每一个人心里都是那么典雅、高贵，它散发出圣洁的光芒，熠熠生辉。

看到小镇上热情、淳朴的乡亲，俩人相拥而泣，一遍遍地向人们说着感激的话。人们说，如果要说感谢，应该是我们感谢你们才对，是你们美丽的爱情感动了我们，让我们看到了爱情的坚强和勇敢，看到了生活的幸福和美好。

很快，一幢新颖、别致的“梦想小屋”在美丽的心型湖畔矗立起来。清粼粼的湖水，从小屋前潺潺流过；不时有鱼儿跳出湖面，水面上荡起了层层涟漪；草丛里，不时飞出的鸟禽，发出欢快的叫声，给小湖增添了一种幽静、美丽的风光。

莫里斯与丹尼尔相拥在小屋前，看着眼前的一幕，脸上流淌着幸福和甜蜜的笑容……

普罗旺斯的熏衣草

阿尔是法国南部普罗旺斯的一个古老小镇。小镇上，民风淳朴，环境优美。大街小巷，房前屋后，到处种植着紫色的熏衣草。那风中摇曳着的熏衣草，散发出幽幽的馨香，在空气中弥漫着，沁人心脾。

在普罗旺斯，熏衣草象征着美好的爱情。走在阿尔小镇上，常常看到，无论老人还是青年人，手里总是拿着一束熏衣草。那脸上，溢满了甜美的笑意。看着拿熏衣草的人，人们的目光里总是荡漾出一缕温暖的祝福。

住在阿尔小镇上的琼斯太太，每天清早，都会听到一阵悦耳的铃声传来。那一刻，琼斯太太特别兴奋和激动，她忙不迭地跑到门外，从邮差手里接过一束娇艳欲滴的熏衣草。

琼斯太太接过熏衣草，脸上绽放出幸福的笑容。她将熏衣草紧紧地贴在胸前，嘴里喃喃地说道："亲爱的戈尔，你的熏衣草我收到了，谢谢你的爱！"

邻里看到这一幕，总是羡慕地说道："琼斯太太，你可真幸福，这么多年来，你家先生每天都会邮寄一束熏衣草给你。"

琼斯太太笑着说道："是啊，十年啦！无论多忙，戈尔一直记着每天给我邮寄一束熏衣草，他人可真好！"说罢，琼斯太太一脸幸福和陶醉。

琼斯太太搬到这里已有十年了，可是，人们一直没有看到过她家戈尔先生，听琼斯太太说，戈尔在远洋轮船上工作，长年在海上，工作很辛苦，他没有时间回来，只能每天让邮差寄一束熏衣草给她。看到熏衣草，就说明他一切都好，他一直在爱着我，等他的轮船停靠在普罗旺斯，他就会回到我的身边。

于是，琼斯太太有一个深爱着她的丈夫，每天都会给她寄一束熏衣草，成为小镇上家喻户晓的事，每每谈到琼斯太太的丈夫，许多夫人都赞不绝口，流露出羡慕的神色。她们说，嫁人就应该嫁给戈尔那样的人，每天无论工作多么繁忙，都不会忘记邮寄一束熏衣草给自己心爱的人。

一天，邻居苏姗太太到琼斯家串门。她看到琼斯太太家的大门敞开着，就直接走了进去。她发现琼斯太太正坐在床边，手里捧着一束熏衣草，满脸泪痕，只听到她喃喃地说着："亲爱的戈尔，你丢下我一个人已有十年了，你在那边还好吗？帕蒂太太好些了吗？我一直想念着你啊！"

苏姗太太听了，心里一惊，她充满了疑惑。心想，戈尔先生在外面还有另外一个女人帕蒂太太？那他为什么每天还要给琼斯太太寄一束熏衣草呢？

琼斯太太发现了身后的苏姗太太，她赶紧擦去脸上的泪痕，有些尴尬地招呼道："是苏姗太太来啦，您快请坐！"

苏姗太太走上前去，定定地看着琼斯太太好一会儿，突然，她张开双臂紧紧地拥抱着琼斯太太，深情地说道："您刚才说的话我都听到了，您有什么委屈就说出来吧，压抑在心里会不好受的。"

琼斯太太的泪水再也控制不住，她望着手中的那束熏衣草，目光中溢满了深情，思绪陷入遥远的回忆中，她哽咽地说出了她和戈尔的故事。

我和戈尔曾经是大学同学，在大学里，我们深深地相爱了。在大学里，还有一个女孩子名叫帕蒂，帕蒂也一直爱着戈尔。可是戈尔却一直在追求我。他说，他对帕蒂只有友情，没有爱情。看得出，帕蒂得不到戈尔的爱，心里一直很痛苦。

大学毕业后，戈尔正式向我求婚了，我幸福地答应了戈尔的求婚。帕蒂知道了，向我们表示最真挚的祝福。帕蒂也参加了我们的婚礼。婚礼上，我看到帕蒂的眉宇间有一丝淡淡的忧伤，她还在悄悄地擦拭着脸上的泪痕。

我和戈尔结婚几个月后的一天，我们得到一个不幸的消息。帕蒂外出旅游时，遭遇了车祸，造成全身瘫痪。我们赶去看她时，她躺在床上，无法动弹。她泪光婆娑地望着我们，眼睛里流露出满是惊喜的目光，还有隐隐的依恋。

医生说，帕蒂受伤很严重，怕是很难站起来了，也许要终身瘫痪在床上。要想让帕蒂重新站起来，也许只能有一种方法，那就是爱。有时候爱是一种最有效的治疗方式。

听了医生的话，戈尔的眼睛里闪烁着兴奋的光芒，只听到他喃喃地说道：“帕蒂还有希望！帕蒂还有希望！”

看到戈尔那兴奋的样子，那一刻，我的心仿佛被什么东西重重地击打了一下，有一种隐隐的痛，但又有一丝甜蜜的幸福在荡漾。如果能让帕蒂重新站起来，真的是我们最大的幸福。

有一天，戈尔仿佛下了很大决心似的，对我说道：“亲爱的，我想跟你商量一件事，我想去照顾帕蒂，这个时候她更需要爱，需要有人陪伴在她身边。如果就这样看着帕蒂躺在那不去救她，对于我来说，一生都不会安宁的。如果能让她重新站起来，对于我们大家来说，都是一种幸福。”

我静静地望着戈尔，然后平静地对他说道："亲爱的，你跟我想到一块了，你去吧，帕蒂更需要你。"

戈尔紧紧地拥抱着我，眼睛里流下了滚烫的泪水，他哽咽地说道："等到帕蒂能重新站起来后，我立刻回到你身边，和你一直相伴到老。"戈尔说，在他和我分开的时间里，他每天都会让邮差寄一束熏衣草给我，表达对我深深的思念和爱。

就这样，戈尔回到了帕蒂的身边，我搬到普罗旺斯南边阿尔小镇上来了。这里非常幽静、美丽，小镇上的人非常善良、友爱，让我渐渐地忘却戈尔不在身边的寂寞和冷清。不知不觉，已经有十年了，十年来，我每天都能收到戈尔给我寄来的一束熏衣草，看到熏衣草，我仿佛感到戈尔就在我身边，我一直沐浴着他那份浓浓的情和爱。戈尔并没有走远，他一直就在我身边，那熏衣草上，分明还留有戈尔的体温和他深深的吻痕……

苏姗太太听到这个凄婉的故事，不知不觉，已是泪流满面。她轻轻地拥着琼斯太太，泣不成声地说道："琼斯太太，您有一个最好的丈夫，戈尔是天下最善良的男人。"

琼斯太太望着窗台上那束刚刚邮寄来的熏衣草，泪水不知不觉又划过了脸颊。但是，她的脸上依然流露出难抑的幸福和甜蜜。她仿佛看到帕蒂恢复了健康，又重新站了起来，戈尔正张开双臂从远处向她飞奔而来……

阿尔小镇上的人都知道了琼斯太太凄美的爱情故事，人们在竞相传诵着、感动着，那盛开在小镇上的熏衣草，不仅象征着爱情，也象征着无私、博爱和感恩，它把美丽和芬芳，永远留在了人间，留在了每一个人的心坎上……

爱的歌声情谊长

哈里住在道格里街C区一个普通的民宅里，他是一名管道工，今年五十多岁了。他的妻子简是一名盲人，没有工作。白天，哈里上班后，简就一个人待在家里。

为了减少简在家的寂寞，哈里用录音机录下他唱的许多歌，简只要摸索着用手按下开关，就可以听到哈里的歌声。哈里过去不会唱歌，对他来说，唱歌真的要比修理管道困难得多。但为了妻子在家不闷得慌，他终于学会了唱许多歌曲。这些歌曲，简是百听不厌。

哈里下班回家，常常看到简怀里还抱着录音机在听他唱的歌曲，听得如痴如醉，脸上溢满了幸福的暖流。

看到这一幕，哈里眼睛里常常噙满了泪水。他走上前去，紧紧地拥住妻子，喃喃地说道："亲爱的，我回来了，我这就现场唱歌给你听。"说罢，哈里站在简的面前，引吭高歌。歌声震天响，歌声吓得小猫、小狗哧溜一声跑掉了；歌声震得天花板上的灰尘都抖落了下来。可是，简却听得热泪盈眶，泣不成声。

简以前不是盲人。在她嫁给哈里时，她的一双眼睛格外明亮，像一汪清澈的湖水，楚楚动人。几年后，因一场大病，简的两只眼睛，什么也看不见了。但是，在她的记忆里，丈夫哈里的模样，却记得清清楚楚。她常常对哈里说：

"亲爱的，你长得还是那么英俊、潇洒。我一个人在家时，就喜欢听到你的歌声。"

哈里知道，这是妻子简对自己越来越依恋了，她把自己看作是继续生活下去的力量和勇气。于是，他开始给妻子唱歌。尽管他知道，他的歌声很难听，连动物听多了也会吓跑，但对于妻子简来说，自己的歌声，一定像天籁之音，每个音符、每个音节，都能深深地打动她。

听简讲，她喜欢听著名男高音帕瓦罗蒂的歌，于是，哈里就开始模仿帕瓦罗蒂演唱。他把自己演唱的歌曲录下来，让妻子一个人在家时听。妻子听到哈里的歌声，她那一颗孤寂的心，渐渐地变得清澈、明亮起来。她虽然看不见了，但是她的心里却亮堂着，她用心去触摸这个世界、感知这个世界、感受着哈里的爱。

哈里的歌声，飘出了窗外，街坊邻居听到了。他们听到哈里家传来的歌声，情不自禁地趴在哈里家的窗台上，随着录音机传出来的歌声一起演唱。他们与简一起，沉浸在这歌声中、沉浸在爱的旋律中。

不知不觉，邻里大人小孩都会模仿哈里唱的歌。当简一个人在家时，他们常常聚在简的窗台前，一个接一个地唱，唱得树上的小鸟也停止了啁啾，不住地伸头探望这些歌唱的人。

听着邻里的歌声，简激动得热泪盈眶，她情不自禁地也随着节拍和大伙一起哼唱着，脸上荡漾着幸福、明媚的笑容。

哈里下班回家，看到邻居们站在他家窗台前唱歌，歌声高亢、有力，他全明白了。他走上前去，紧紧拥抱着每一个大人和孩子，嘴里不住地哽咽道："谢谢！谢谢！"

日子一天一天地过去了，哈里和邻里的歌声却从没有停止过。为简唱歌，已成为大家生活的一部分。邻里从简的窗前走过，无论是大人，还是孩子，看到简坐在窗前，都会停下脚步，引吭高歌一曲。歌声，像长了翅膀，飞过高山，飞过湖泊，传出很远、很远……

有一天，简突然对丈夫哈里说：“亲爱的，我好像能看到你了，看到你了！”

哈里惊喜万分地拥抱着简，兴奋地说道：“是真的吗，是真的吗？”

哈里带简到医院去检查。医生检查后，发现简的视力正在逐步恢复，他惊奇地说道：“奇迹，这简直是奇迹！简的视力正在逐步恢复。”

哈里和简听了，俩人相拥而泣，简喃喃地说道：“是爱的奇迹，让我再一次看到了这个美丽的世界。爱，是这个世界上最有效的治疗方式。”

简回到了家，但是，那高亢、有力的歌声并没有停止。人们来到道格里街C区，常常被从简的窗户前飘荡而来的歌声所吸引。那歌声，有男声，有女声，有老人，还有儿童。听着、听着，人们也情不自禁地随着节拍哼唱起来。那歌声，在道格里街C区的上空久久回荡……

地中海的浪花

2012年1月13日，意大利著名豪华游轮科斯塔—肯考迪亚号，满载着四千二百三十四名游客，从意大利罗马奇维塔韦基港口出发，开始为期一星期的环地中海旅行。

科斯塔—肯考迪亚号是当今世界上最为豪华的游轮之一。全长二百九十米，有五十八间带观景台的套房，五处餐厅、十三间酒吧。这艘游轮被称为“让你大开眼界的海上宫殿”。

来自法国的科尔与黛丝也在这艘邮轮上。科尔和黛丝是法国巴黎小丘广场的一对画家。小丘广场被称作“落魄文人的天堂”，这里曾诞生过卢梭、高更、雷诺阿、毕加索、梵高等著名画家。科尔与黛丝在这里摆摊卖画，相互产生了感情，成为一对恋人。乘坐科斯塔—肯考迪亚号游轮，用画笔描摹地中海美丽景色是俩人心中最大的梦想。

当两个人终于来到意大利，登上了豪华的科斯塔—肯考迪亚号游轮，俩人紧紧相拥。黛丝眼睛里流下激动的热泪，她哽咽着对科尔喃喃说道：“亲爱的，感谢你送给我这么美丽的爱情礼物，这是我人生最幸福的时刻！”

浪花温柔地亲吻着游轮的船舷，发出“沙沙沙”的声响，海风轻轻地吹散了头发，湿漉漉的空气中，有一种咸咸的味道。那一刻，俩人沉浸在幸福、甜蜜之中。

科尔深情地说道：“回到法国后，我们就举办一场环地中海游的画展，画展的收入将全部捐给慈善机构。”

黛丝幸福地依偎在科尔宽厚的胸前，她似乎能感受到科尔有力的心跳……

当晚21时30分，当游轮行驶至意大利吉利奥岛附近时，科尔和黛丝正在游轮三层的甲板上，在游轮灯光的映照下，他俩支着画夹，精心描摹着美丽的地中海夜景。

突然，游轮剧烈地抖动了起来，俩人的画夹立刻倾倒了，颜料、画笔也洒落一地。俩人互相对望了一下，不知发生了什么。就在这时，他们感到脚下也站立不稳，整个人也往一边倒去。科尔立刻用一只手紧紧抓住甲板的护栏，另一只手紧紧抓住黛丝的手，说道："亲爱的，抓紧我，别松手！"

黛丝紧张地抓住科尔的手，声音有些颤抖地说道："亲爱的，怎么回事？这船怎么倾斜了！"黛丝的眼睛里露出惊恐的神色。

这时，游轮上的灯光全部熄灭了，四周一片漆黑，只有远处小岛上的点点灯火。黑暗中，传来人们惊慌失措的惊叫声和器皿、灯具的破碎声。科尔紧紧地抓住黛丝的手，努力地保持内心的镇定，他知道，此时此刻，自己保持镇定，才是对黛丝最大的安慰。黑暗中，他看到黛丝深蓝色的眸子里露出惊恐的神色，当黛丝看到科尔眼睛里那镇定的神色，她感到了一种莫大的安慰和鼓励。

这时，船倾斜得更厉害了，呈九十度的姿态。科尔和黛丝的身体已被甩到船舷的外侧。科尔一只手紧紧地抓住船舷的护栏，另一只手紧紧地抓住黛丝的手。科尔不断地鼓励着黛丝，让她抓住自己的手，千万不要松开。黛丝低下头，隐隐约约地看到下面的滔天波浪，海浪拍打着船体，发出恐怖的声响，那里仿佛是一个巨大的黑洞，要把他俩吞噬。她抬起头，看到科尔一只手吃力地抓住护栏，从口中发出沉重的呼吸。黛丝的心里溢满了柔软，目光变得一片朦胧。

她想起了与科尔相识的情景。那年，她从巴黎美术学院毕业后，因为找不到工作，来到小丘广场，想学那些画家，为游客画画。可是，当她支起了画夹，看着人来人往的游客，大脑变得一片空白。面对画纸，她不知如何下笔。

在她旁边不远处，一位正在摆摊的年轻、英俊的画家看到了她的窘相，走了过来。他自我介绍道："我叫科尔，从里昂美术学院毕业后，在这摆摊为游客画画已有三年了。不要紧张，刚来都是这样。这样吧，你到我旁边摆摊，我给你壮壮胆，时间长了，就习惯了！"

就这样，黛丝认识了这位热情、友善的科尔先生。在科尔热情的帮助和指导下，黛丝很快适应了小丘广场的生活，并渐渐地对科尔产生了感情。每天，两个人在小丘广场为游客画完画后，就会漫步在巴黎香榭丽舍大街上，憧憬着未来美好的生活。

黛丝说："我最大的梦想，就是乘坐科斯塔—肯考迪亚号游轮，用画笔描绘美丽的地中海风光，然后举办一次地中海风光画展！"

科尔听了，不禁握紧了黛丝的手，激动地说道："亲爱的，你和我想到一块了，等我们攒够了钱，就到意大利去，乘坐科斯塔—肯考迪亚号游轮，用画笔描绘美丽的地中海风光，然后共同举办一次地中海风光画展，我们要将办画展的收入全部捐给慈善机构！"

黛丝听了，眸子里闪烁着晶莹的泪花，她紧紧地拥抱着科尔，喃喃地说道："亲爱的，就让美丽的地中海见证我俩的爱情吧！"

没想到，刚踏上这次美丽的地中海之游，就遭遇到了游轮触礁倾覆事故，让黛丝肝肠寸断的是，他们的爱情才刚刚开始，就要结束了。想到这，泪水再一次地湿润了自已的双眼。她知道，现在，自已全身的重量就悬挂在科尔的一只手上，此时此刻，每一分每一秒对科尔来说，都是一种巨大的煎熬。如果科尔能将这只手腾出来，用两只手抓住栏杆，他就可以翻越过去，踏上甲板，就可以获救了。

想到这，她突然变得格外平静和冷静，她仰起头，柔情地说道："亲爱的科尔，你一定要保重，我永远爱你！记住呀！回到巴黎后，你一定要将这次游览地中海的画展办起来，那是我俩的爱情见证！"

说到这，黛丝冲着科尔灿烂一笑，然后义无反顾地松开手，向着波涛汹涌大海坠去。

科尔顿时惊呆了。他流着热泪，冲着大海大声地呼喊道："黛丝——"

泣血的哭喊声在漆黑的地中海上空传出很远、很远。回答他的，只有大海的波涛声……

科尔得救了！他流着热泪对救援人员说道："是黛丝爱的放弃，拯救了我的生命，美丽的地中海收留了她，她在地中海中得到了永生！"

黛丝爱的放弃，深深地感动了救援人员，人们流着热泪，将搜救出来的绘画交到科尔手里。科尔将绘画紧紧地搂在怀里，哽咽地说道："亲爱的黛丝，我们回家吧，小丘广场在等着我们，那里是我俩绘画的天堂！"

地中海的浪花，拍打着岸边，翻卷起洁白的浪花。那朵朵浪花，像盛开着的玫瑰，在广阔无垠的地中海上盛开，荡漾起一曲永不沉落的爱情绝唱……

鲁先圣

中国作家协会会员，教育部“十一五”课题组文学专家，《读者》《青年文摘》《意林》《格言》《特别关注》等期刊签约作家，龙源期刊网签约专栏作家，《北京青年报》《燕赵晚报》《晶报》《济南时报》《生活日报》《西部商报》等多家报刊专栏作家。已出版散文随笔集《持续地敲门》《黎明的珠露》和历史评论专著《伴你读名著——水浒》等多部，合著散文集《心灵的独白》《爱是条温暖的河》等多部，已发表作品六百万字。《遥远的炊烟》《读书是风雅乐事》等二十多篇作品被选为中考、高考语文阅读试题。曾获第十八届孙犁散文奖二等奖、2009年度冰心图书奖。

追随着浓烈的爱意前行

在伟大的作家斯蒂文森面前，所有的爱情故事都会黯然失色，所有的浪漫故事也都减弱了光彩。

1876年，出生于苏格兰的斯蒂文森因为身体总是难以适应苏格兰的阴冷气候，就在父亲的赞助下到法国、比利时等地旅行。在法国巴黎郊区的一个艺术家俱乐部他与一位来自美国的少妇芬妮一见钟情。芬妮是什么人？她十六岁嫁给了没有什么家庭观念的山姆，生了三个孩子，因为对山姆实在忍无可忍，就带了孩子到法国的巴黎学习绘画。正是在这里认识了斯蒂文森。

两个人的爱情传到斯蒂文森的家里，立即掀起了轩然大波。斯蒂文森还是一个没有结过婚的富家子弟，不要说芬妮已经结过婚，有三个孩子，就是比斯蒂文森大了十二岁这一点也让斯蒂文森的家人匪夷所思。

人世间一桩伟大的浪漫爱情故事就这样上演了。心中盘算着与丈夫离婚的芬妮回到了美国。不久，不惜与家庭决裂的斯蒂文森追到了美国。其时芬妮住在旧金山附近的一个小镇上，斯蒂文森就住在小镇的一家旅馆里。这个时候，芬妮还没有离婚，她的丈夫还经常回来看望妻子和儿女。而住在小旅馆里的斯蒂文森不仅断了财源，还染上了疾病。但被浓烈的爱意燃烧着的斯蒂文森丝毫没有退缩，他一面每天去探望自己的情人，每天给芬妮写火热的情书，同时还被小镇的景物所感染，激发起强烈的创作冲动，完成了令他迅速蜚声美国文坛的《业余移民》一书和许多短篇小说。一直默默无闻的小镇蒙特雷因为斯蒂文森的出现而名闻遐迩。

经过一年的折磨，芬妮终于说服丈夫协议离婚。斯蒂文森和芬妮终于走到了一起。

斯蒂文森和芬妮的蜜月旅行可称奇异之旅。他们没有选择风景名胜，而是到了一处废弃的银矿，那里是以葡萄酒、温泉著名的那帕山谷。他们选择了半山腰一个废弃的工棚作为他们的住所。他们就这样在这个与世隔绝的山谷里，每天目送日出日落，采摘花草，游戏于鸟语花香之间，尽情地享受着爱情的醇酿。他们在这里度过了令人难以忘怀的两个月的幸福时光。斯蒂文森在这两个月中由于芬妮的精心照顾，不仅身体彻底恢复，而且产生了炽烈的创作灵感，写出了风靡一时的《席尔瓦多寄居者》。

被浓烈的爱意燃烧着的斯蒂文森从此一发而不可收。他因为后来的《化身博士》及《金银岛》成为美国的著名作家。他一开始住的小镇，他蜜月旅行的山谷，他住过的小旅馆，都因为他的光临而成为当今美国的旅游胜地。

斯蒂文森在美国成名以后，又开始了浪漫的旅行，这一次他选择的是南太平洋的小岛萨摩亚岛，他被那里迷人的海天景色所倾倒。一生都在旅行中的斯蒂文森，最终死在了这个小岛上。但旅行给他带来的享受和灵感，浓烈的爱意给他带来的激情，永远地留在了他的作品中。

永远的祝福

自己三十七岁的生日就要到了，可是他却没有了往年这个时刻的情调和浪漫。往年，只要到他生日的前一周，他就开始收到来自爱妻的浪漫祝福：第一天一定是一束火红鲜艳的红玫瑰；次日一定是一件他最喜欢的T恤衫；第三天是一双他喜欢穿的鞋子；第四天则是一张妻子精心制作的贺卡，上面一定是爱妻用她娟秀的字体写的最常说的那句话；第五天的时候，爱妻会开动他们的爱车，带上他去他们常去的咖啡厅，重温他们当年爱情的浪漫；第六天的时候，她会推掉所有的事情，把家里整理得焕然一新，然后准备一桌丰盛的晚餐，就自己一家人，让他享受家庭的温馨；第七天，他的生日，她会邀请所有他们共同的朋友，去郊外他们常去的那家酒店，为他举办隆重的生日宴会，让他尽情享受进入新的年轮的幸福与欢欣。

可是，今年，他不会再有这一切了，她挚爱的妻子，在一个月前，永远地走了。她是一个多么浪漫的人啊，她怎么能够患上那种可怕的疾病？从她查出疾病以来的半年多里，他时刻都在这样质问，她那样单纯，她那样纯洁，她那样热爱生活，她对于生活抱着多么美丽的憧憬啊！

妻子去世一个多月了，他始终处于失去爱妻的痛苦中，无法自拔。他向单位请了病假，他拒绝了很多朋友的邀请，他把自己关在家里，时刻沉浸在对爱妻的怀念与追忆之中。她的音容笑貌，她的一举一动，都依然在他的眼前闪烁。他冷漠地对待这个世界上的一切，他消极地对待自己的生活，每天就这样把自己一个人孤寂地锁在家里。

他的生日再有一周就要到了，这一天，如果是在往年，妻子一定会手捧着一束火红的玫瑰出现。可是，今年，再也不会了。他独自坐在客厅的沙发上，回忆着往年这个时刻的浪漫与温馨。

正在这个时候，门铃响了。谁还会来呢？他自言自语着开了门。一个美丽的姑娘手捧着一束红玫瑰出现在她的面前：先生，祝您生日快乐！

他很愕然，是谁记着他的生日呢？他问那姑娘，姑娘只是嫣然一笑：送花的人不让我们告诉您，她要我们为她保守秘密。

一天当中他都在猜测，是谁像自己的爱妻一样，在生日还有一周的时候送他一束红玫瑰？他猜不出，但是，火红的玫瑰却让他这一天的心情有了一些亮丽。

次日的上午十点，当他还在猜测着昨天玫瑰的时候，门铃又响了，是物流公司的送货员。送货员送来了一件包装精美的红色 T 恤衫，这是他最喜欢的颜色和款式。他万分纳闷地问送货员。送货员一无所知，他只是按照公司的要求准时把货送到顾客的手里。

是谁啊，像爱妻一样，用爱妻的方式，为自己庆贺生日？

第三天，他如期收到了一双自己喜欢的鞋子。第四天的时候，他相信今天不会再像往年一样了，因为，这一天他收到的应是爱妻亲手写的贺卡。可是，他没有想到的是，十点钟的时候，门铃又响了起来，邮递员给他送来了一张精美的生日贺卡！而且，贺卡是爱妻亲手制作的，上面依然是爱妻那娟秀的字体：亲爱的先生，尽管你收到贺卡的时候我已经身在天国，但是，我依然给你送上我最真诚的祝福，生日快乐！

接下来的几天里，他和她的朋友们都来了，他们是接受了她一个月前的邀请，她要他们代替自己，像过去一样，向他表达真诚的祝福。

咖啡厅里的浪漫和家里的温馨，还有大酒店里的热烈隆重，在盈盈的烛光里，在朋友们美好的祝愿声中，他冰封的情感之门终于开启。他感觉到了，自己的爱妻在天国的微笑依然灿烂，他的生活也依然美好。

爱情在苦难中升华

在爱情已经被商业化的今天，在这个充满物欲的时代，有一对年轻的情侣，用自己的行动诠释着爱情的真谛和人生的意义。

雯是我的同乡，多年以来我们共同生活在济南，平时多有交往。她是学美术的，周身散发着浓郁的艺术气质。她小我接近十岁，她是听了同乡的介绍找到我的。对于我来说，她是个同乡小妹，见了两次面以后，我自然关心起她的家庭生活。我邀请她带上丈夫到家里来。她告诉我，她和丈夫是大学的同班同学，两个人学的都是美术。言谈之中，从她提起丈夫时的眼神和表情，我感觉得出来，他们十分相爱，情投意合。

不久的一天，她就和丈夫一起来我家里做客了。没有想到的是，见了面以后，我和爱人都十分吃惊。因为在我们的心目中，雯是个出众的女孩子，大学毕业，形象不错，艺术气质，家庭也是很好的，她选择的丈夫应该各个方面都是十分出众的。可是，出乎我们意料的是，她的丈夫是一个外表十分猥琐的人。个子大约一米六左右，奇瘦，最多有五十千克，而且面貌猴相，实在没有一点男人气概。

大概是看出了我们的惊诧，雯有些不好意思地说：对不起观众，但是心地善良内秀，到现在我妈妈还不允许进门呢！但是，当我们谈了一会儿以后，我开始钦佩雯的胆识。这是一个有着很高的艺术素养和内在气质的青年，思想深刻，见解独到，而且抱负远大。我对雯说我知道是什么打动你了！雯和我们都笑了。

接触多了，对于两个人的事情了解的就更多了。丈夫一直在一些剧组做美工，他不让雯工作，让她趁年轻抓紧学习考研究生，自己挣钱供她读书，研究生毕业再去大学工作，研究专业。我在赞成他的设计的同时，又从内心里钦佩这个青年的品格。说实话，现在像这样自己挣钱供爱人读书的例子是不多见了。我看着他们很幸福地憧憬着未来：雯在大学的研究所搞专业研究，他做美工做导演，然后再生一个孩子……

他们忙碌着，我也很忙，见面虽然不多，但是，几年来，他们的事情我还是很清楚。雯终于在第四年考上了武汉大学的美术硕士，毕业以后真的去了山东一所美术学院的研究所，后来又添了一个女孩，他们的人生设计成功了！我由衷地祝福他们。

岂料天有不测风云，在他们的幸福生活刚刚开始的时候，一个无法抗拒的灾难降临了。在他们的孩子过百天的时候，我带妻儿去他们的家里。见到我，雯就像一个吃了很多委屈的孩子一样哭了。她的丈夫已经住进了医院做化疗，他患了肺癌。他是在孩子百天的前一周查出来的。

我一时无言。生活怎么能够这样对待他们?他们这样相爱，他们这样努力，他们才刚刚开始自己幸福的生活。但是，雯很坚强。她很坚毅地告诉我：不论结果如何，我都会尽最大努力为他治疗。他生病了，就不能出去做美工了，没有了收入，我把工资都用在治疗上也在所不惜。

她告诉我，没有丈夫无私的多年付出，就没有自己的现在，自己一定用同样的无私对待他，才能内心无愧。

离开的时候，我除了安慰之外，还有对我这个同乡小妹发自内心深处的敬重和对这份人间真情的感动。我在想，面对苦难，我们也许没有能力抗拒，但是，在对苦难的抗争当中，却可以升华无私的责任和高尚的情感。

黄沙万里路，胡杨千古心

“我习惯想着你入眠，这样就会梦见你！一年，两年，二十四年！”

“我一直走在追你的路上，相伴是满天的星光，寺庙里冉冉的高香。”

"祈祷一份旷世的姻缘，我用寂寞为你梳妆。我干干净净的爱恋，一如天山的圣水，回到最初的地方！"

这样的诗，不是出自浪漫诗人的生花妙笔，而是山东济宁一位四十五岁中年语文教师的心声。

难以想象，一对二十四年前相识的青年人，突然失去音讯，经过二十四年矢志不渝的苦苦追寻，终于奇迹般地"有情人终成眷属"。

中年教师叫赵玮，我们因为共同参加一个笔会相识于美丽的微山湖上。赵玮人很腼腆，很儒雅，一副十足学究气的教师形象。如果不是我亲耳听他讲他浪漫的爱情故事，我一万个不相信他会与浪漫这个词联系在一起，更不会相信从事这样一种职业的人，会有这样传说一般的旷世恋情。

1983 年的春天，那是怎样的青葱岁月？

他的羊儿，一个皮肤细白，花样美丽的女孩子，那一年被父母从新疆送到故乡一个叫二十里铺的中学读高一。她出生在新疆温泉县，因为皮肤白细，同学们都叫她"新疆细毛羊"。

那一年的春天，学校组织演讲比赛，他以自己慷慨激昂的演讲获得了全校第一名。他演讲的内容是当时风靡一时的李燕杰报告中那位爱国女华侨的故事。当时，她就坐在听众席的前排，他看见她感动得流了泪，她完全沉浸在了他的故事之中。

演讲结束了，他突然觉得自己有了追求她的资本和冲动。就是从那一天开始，他每天在教学楼旁边的小树林里或是楼梯的拐角处，远远地凝视她美丽的身影。他再也忘不了那个美丽的姑娘。

尽管，他们一句话也没说过，他甚至连她的名字都不知道，但是，那个春天里，他感觉好温暖，那双天池秋水般的眼睛，一刻不停地闪亮在无边的黑夜里！年少的他，感觉自己有了无穷的动力，有了远大的理想。他甚至在想，自己要努力考上好的大学，好具备资格娶她做自己美丽的新娘。

突然有一天，她流星般地消失了，她的父母把她接回了家，她和学校所有的人失去了联系！同学们只是知道她又回到了新疆。

他考上了大学。大学四年，他一刻也没有停止对她的寻找，全校新疆籍的同学他都找遍了，也委托他们假期里替他寻找，但是，她神奇地消失在新疆的戈壁滩里，没有任何消息。

他大学毕业回到了他们相识的小城任教。他依然苦苦寻找，寻访当年的校长和班主任，寻找当年她的同班同学，希望能够找到她的蛛丝马迹，但是，他没有获得任何有价值的信息。

2000 年以后，他已经是学校的骨干，可以有机会和资格去外地参加各种学术活动了，他开始了自己的茫茫沙漠之旅。只要有一点机会，他就会去祖国各地，他盼望在茫茫人海里她的羊儿会奇迹般地出现！他天真地认为真情所致，金石为开；天真地认为在乌鲁木齐 22 路站牌下或是新疆某地的大街上，一眼就能认出那双迷人的眼睛。但是，他却发现自己错了，她像一粒沙子一样，迷失在茫茫戈壁中！2008 年春，他获知公安部门有一个信息网络，可以轻易找到任何人的信息。他喜出望外，通过自己在公安部门工作的同学，在公安部门的追逃网上，输入她的名字，然后输入新疆籍和大致年龄，奇迹出现了，叫这个名字的女性，新疆只此一人！

他找到了她的学校和电话。她出现在了电话的那一头。让他感动的是，她还能清晰地回忆起他当年演讲的内容！

他知道，上天眷顾他的机会到了，他不能再失去她！随后他们在QQ上视频聊天，那是他生命中最快乐的一个春天，他知道原来她也是一样地爱着他！他二十四年来也一直在她的梦中！

那一年的“五一”节前，乌鲁木齐车站，他们在分别二十四年后重逢。他们没有任何暗语和信物，他们一眼就从广场上川流不息的人群里找到了对方。她的羊儿，依然貌美如花，依然是当年的模样。他们随后飞北京去参观曹雪芹纪念馆，因为她最爱读的书就是《红楼梦》。

然后，她随他走了为寻找她曾走过的万水千山。三年来，他们已牵手走过二十六个美丽的地方。

这一年，在济宁，在他们相识的小城，在他们的老师和同学的祝福声中，他牵着羊儿的手走了婚姻的殿堂，他寻找了二十四年的羊儿，做了她美丽的新娘。

他告诉我，从结婚的那一刻起，除了工作的时间之外，他与他的羊儿一刻也没有分离过。他告诉羊儿，他要让岁月加倍补偿他们别离的每一分时光。

感天动地的旷世之恋

6月28日晚上，我习惯性地搜索到上海东方卫视陈蓉主持的《幸福魔方》栏目，我很喜欢这个节目，一是喜欢陈蓉的主持风格，再是喜欢每一期感人的真情故事。这个晚上，一个八十三岁的中国男人和一个八十四岁的法国混血儿丹妮五十五年的爱情故事再次让我感动不已。

几年之前，我曾经写过一篇《五十九朵玫瑰花》，写的是一对情侣因为战争而天各一方，男的在济南，女的去了台湾，最后终于在相隔五十九年之后在济南的趵突泉边重逢。当时，他们见面的场景感动泉城，所有的人都在默默祝福那对晚年还能见上一面的老人。

大千世界，总是有奇迹不断发生。几乎就是我写的那对老人的再版，一个痴情的中国男人与一位法国美女相爱五十五年最后终成连理的故事，在我们的世界再次上演。

2010 年 9 月 26 日在厦门举行的婚礼上，中国新郎袁迪宝已经八十二岁，法国新娘李丹妮八十三岁。

他们不是黄昏恋。1953 年 9 月，李丹妮与袁迪宝相知相恋，1955 年 8 月，丹妮因为了解到他已经有了家庭而回到法国，从此劳燕分飞。

当年，她从北京来到杭州教授俄语，而刚刚新婚不久的袁迪宝也来到杭州求学，成了她的学生。

丹妮的父亲李树化，是祖籍广东梅县的泰国华侨。童蒙时期，李树化就返回祖国接受教育，在梅州中学读书期间，与同校学习的林风眠先生结为好友。辛亥革命之后，林风眠组织了一百三十位梅州青年出去看世界，李树化瞒着家人偷偷跑出来，随着同乡结伴远渡重洋，1919 年到法国勤工俭学。

丹妮说："林风眠先生学画画，我父亲去念里昂国立音乐学院，他们一直是很好的朋友。"1926 年，李树化娶了一位法国女子为妻，同年回到北京，任北京国立艺术专科学校音乐系主任，与林风眠共事。1927 年 5 月 24 日，李树化的独女在北京出生，她就是丹妮。后来，李树化随林风眠到杭州西湖艺专音乐系任教。正是这个时候，丹妮随父亲来到杭州。

1953 年，福建上杭人袁迪宝进入浙江医学院学习，成为新中国成立后首批公共卫生学科的大学生。他的俄文老师，就是 1950 年毕业于浙江大学外文系精通英、法、俄、德和中文的李丹妮。她比袁迪宝大一岁，似乎缘分天定，两个人一见面，就彼此留下了美好的印象。幽默风趣的主持人陈蓉一再引导两位老人说说当年彼此的印象，袁迪宝一直在说第一次见就感觉挺好挺好；而丹妮则说她第一次见他就记住了那个有一双大眼睛的男生。

更重要的是，袁迪宝担任班长和俄文课代表，而且每次俄语考试都是满分。丹妮说："我们接触得多了，无意中我常找他，我想当时是我比较主动吧。"迪宝则回忆："我们宗教信仰相同。再加上她经常给我拿字典、借参考书给我，甚至还有生活用品……毛衣之类，她也给我织过白色的羊毛衣。我是很感动啊，那个时候我们可是穷孩子。"

在荧屏上，陈蓉不断启发着丹妮走进当年的生活。丹妮说，我们常常去散步，在西湖边，从断桥走白堤，一直到平湖秋月，义庄，孤山，从里湖回来，这是一个小圈子。要么就到宝石山，在上面坐很久，一定要从后山下去回家……迪宝记得，"两个人坐在保俶塔下面，谈天，谈恋爱。一个钟头左右，才慢慢跑回来，送她回家我自己再回学校自修，这个活动持续了一两年。"

1955 年 8 月初，因为中国高等院校院系调整，他们所在的浙江医学院卫生系要并入成都华西医学院。临走前，迪宝忧郁地讲出了心事：原来在上大学离开家之前不到两个星期，迫于姐姐的压力，迪宝已经与匆匆相识的姐姐同事黄秀雪结婚。直到今天，丹妮依然这样说，他当时就感觉自己没有权利把幸福建筑在另外一个女人的不幸上，“去抢别人的幸福，这个结果我不能接受”。“我跟他讲，我们从今天起就分手，没有其他的路可走，各走各的路。他很沉默，一句话也没讲。我想他也认为是对的，所以才没有反应。”

“我正在热烈地爱着你，我正在热烈地爱着你，日夜思念，正像你也爱我一般，假如我在为你郁闷，祈求得到你的爱怜，为了得到你的爱怜，我宁愿粉身碎骨……我祈求上天赋予我们，赋予我们，赋予我们。”这是 1955 年 9 月 17 日晚，迪宝在公园柱灯下写的信。

袁迪宝去了成都，而丹妮决定回法国重新开始自己的生活。遗憾的是，丹妮回到法国后一直没有恋爱也没有结婚。但是，她说自己知道：“他一直没有忘记过我，就像我也从来没有忘记过他。”

她去法国以后，他们依然保持着通信联系，一封封书信成为彼此心灵的慰藉。但是，后来她收到了一封从香港来的信，告诉她不要再写信了，而且信中用词很不友好。她从此就没有再写信给他，而他的一封封信也如石沉大海。

直到去年，袁迪宝的孩子们看出了老人忧郁的心事，他们主动帮助父亲联系法国。没有想到的是，竟然奇迹般地联系上了，丹妮依然健康地活着，她一直没有搬家，没有结婚，而且始终没有忘记中国的情人。

袁迪宝的孩子们亲自去法国接回了老人。在机场的候机大厅，八十二岁的老人手捧孩子们精心买来的五十五朵玫瑰花，献给了分别五十五年的情人丹妮。

两位老人相拥在一起，孩子们送上了最真诚的祝福。三天以后，他们就办理了结婚登记手续，在美丽的厦门，孩子们为他们举行了隆重的婚礼。

我们的世界从来就不缺少爱，感天动地的爱情故事，一直就在我们的身边上演。

孙道荣

安徽人，现居杭州。主任编辑，浙江省作家协会会员，浙江省杂文学会理事，《读者》《青年文摘》《经典》等期刊签约作家。已出版《你有多重要》《约好了春天开花》等个人作品集八部。

共同经历一场爱情

她是一家公司的销售员，每天要坐一个多小时的公交车，去公司上班。这是一段漫长而乏味的旅程。直到某一天，一切忽然改变了。

那天，像往常一样，她漫不经心地上车，找了一个空位子坐下。公交车缓缓地继续行驶，她一抬头，坐在她侧前方的一位小伙子，一下子将她震住了。

她的心怦然而动。

随着车子的颠簸，她又忍不住偷偷瞄了他几眼，越看越帅，越瞅越觉得像她非常喜爱的一位明星。她的心禁不住一阵狂跳。像传说中的一见钟情，她遏止不住地喜欢上了他。

此后几天，她又在公交车上几次遇到他。她用心留意了一下，公交车每隔 15 分钟一班，只要赶上早上 7 点半钟的那辆公交车，就一定能遇见他。于是，每天，她都会早早地赶到公交车站，却一直等到那班车来，才上车。大多数时候，她都看见他安静地坐在车上。

故事却忽然卡壳了，因为，她不知道怎样接近他，怎样才能和他搭上话，怎样才能认识他。焦灼难耐之下，她想到了网络。她将自己的故事发在了小城的网络论坛上，希望有人能帮她出点主意。

没想到，她的帖子，很快引起了网友们的关注，短短半个多月，点击率达到五十多万人次。

人们纷纷帮她出主意——

有人说，他不是戴着手表吗？向他问时间，然后自然而然地就搭上话了。有了一次问时间，以后看到他，就可以打招呼了。然后，顺理成章，就成熟人了……

有人反对，说问时间太老套了，其实可以来点小计谋。哪天上车，从他身边经过时，假装不小心踩他一脚，然后跟他说对不起，并顺手拿一张纸巾递给他。这样，既可以认识他，又可以借机考察一下他的人品。如果他对你也有好感，故事就可以继续发展了……

有人出主意，踩他一脚，还不如遇到他时，故意撞他一下，看他的反应，为了加深印象，不妨撞得稍稍猛一点，然后……

有人说，不如跟他借手机，一般情况下，女孩子向男孩子借手机打，都会成功的……

有人补充说，对，就借手机。先把自己的手机设置为静音，然后，装作手机不见了，做出很着急的样子；然后，请他帮忙，让他用手机打一下你的手机，这样，不但搭上话了，而且，还互留了手机号码，如果他也有感觉的话，这就算对上暗号了……

有人说，干脆直接走到他身边，盯着他，告诉他，你喜欢上他了……

大家想出了各种各样五花八门的办法，老套的，实用的，浪漫的，机灵的，新潮的……应有尽有。

人们热切地关注着她的进展。

她终于鼓足勇气，迈出了重要一步，和他对上话了！

那天，相同的时间，坐上了相同的公交车，遇上了相同的他。她忽然发现，自己的手机没电了（真没电了，不是装的），于是，她给自己打气，勇敢地向他借手机。正当他翻找手机的时候，她旁边的一个乘客，主动将手机借给了她（这份好心，来的可真不是时候啊）。不过，没关系，她和他终于说上话了。

她及时将这一重大消息，发布在了网络上。

网上一片赞美和祝福。

他们恋爱了。

她不断地更新自己的帖子，向人们讲述他们的故事。人们热切地关注，跟帖，祝福……

我也是其中的一个网友。每天，我都会打开那个网页，关注着她的进展。人到中年，我早已没有激情，我的爱情，那已是很久远以前发生的事情了。今天，我却像个浪漫的少年一样，关注着一个我并不认识的年轻人和她的故事。网络，将几十万人聚集在一起，共同经历了一场普通却又不同凡响的爱情故事。

一位网友说得好：爱情很美好，比爱情更美好的，是向往她的心。

爱情像一双筷子

有人说，爱情像水，温柔明亮；也有人说，爱情像酒，越久越醇；还有人说，爱情像风，来去无踪……

我说，爱情像一双筷子。

男人是一根筷子，女人是一根筷子，两根筷子有缘握在一起，成为一双筷子，那就是爱情。

一双筷子，心往一处想，力往一处使，才能把美好的日子搛起来，送进我们的口中。男人和女人，少了哪一个都不行，一根筷子，只能蘸一点点卤汁，永远无法捕捉到生活的真正滋味。

一双筷子，必须有一个支点。西方人很难学会使用筷子，为什么？他很难找到两根筷子的平衡点。想让两根毫不相干的筷子牢牢地夹住食物，其中的一根就应该放低姿态，给另一根筷子一个有力的支点。手指的力度只是一个小小的技巧。是的，爱情往往也需要一点点技巧，但心灵的配合默契才是根本，真情是第一位的。所以，永远不要指望靠耍小聪明获得爱情。

既然筷子的作用，总是需要双方共同来实现，为什么不设计一根连体筷子？那不是筷子，而是夹子。不错，夹子也可以夹起东西，可是，夹子无法张得更大，夹子的容量是有限的。而筷子是自由的，它可以狮子大张口，把一切美好的东西尽收囊中。这就是爱情的力量。基于这一点，不要忘记，一双筷子，应该是平行的，给另一根筷子足够自由的空间，空间越大，收获就越大，只要另一根筷子，还是你们这双筷子中的一根。

爱情像一双筷子，而不是剪刀。剪刀过于尖利，总是要撕烂破坏，剪刀的心中没有温情，爱情需要建设，需要呵护；爱情像一双筷子，而不是老虎钳。老虎钳的力量不可谓不大，可是，它的控制欲太强了，爱情需要温柔，需要体贴。

筷子有很多种，有竹制的，也有木制的；有塑料制的，也有象牙制的；此外还有金制的、银制的等等。人也一样。人没有贵贱之分，却有文化的差异，习性也各不相同。一根筷子太长，一根筷子太短，不行；一根筷子太粗，一根筷子太细，也不行。为什么你还没有找到与你匹配的另一根筷子？看看自己是怎样一根筷子，也许可以帮助你在茫茫人海中，尽快找到自己的另一半。

有一种筷子，叫方便筷，这种筷子，简单、粗糙，用之即弃，是一次性的。一次性的筷子，与爱情无关。这就与一夜情、包二奶一样，与爱情无干。

爱情之所以像一双筷子，最根本的一点在于，筷子之间谁也离不开谁，为了生活，永远不离不弃；两根筷子还总是一起品尝生活中的酸甜苦辣，共同承担着人生的风风雨雨。这不正是美好爱情的共同特征吗？

等你入睡

他是一家报社的夜班编辑。每晚 7 点上班，凌晨左右做好版面，下班。日复一日。

这是其中的任何一天。

报社大楼，只有夜班编辑部的几间办公室灯还亮着。终于做好了版面，他长吁一口气，看看手表，23 时 48 分。比平时略早一些。他起身将杯里的水倒满，又拿起一叠报纸，随手翻开。看样子，他还没有下班回家的意思。坐在对面的老刘诧异地抬起头，提醒他："活都忙好了，赶紧回家吧。"他笑笑，再待会儿吧。

老刘摇摇头。同事们已经见怪不怪了，不管什么时候做好了工作，他都会在办公室磨蹭到凌晨1点左右，才拖着疲惫的身子回家。比如这天，零点不到就忙好了，完全可以早点回家，早点休息啊，可他还是要在办公室里磨蹭。不知道为什么，他似乎很不情愿早点回家。

大家忙好了工作，一个个下班回家了。凌晨一点，他揉揉眼睛，锁好办公室的门，回家。

他掏出钥匙，借着手机微弱的光，轻轻拧开了家门。家里安静极了，似乎都能听见卧室里妻子均匀的鼻息。很显然，她已经熟睡了。他的嘴角，露出一丝笑意。他踮着脚尖，走进洗手间，关上门，慢慢地打开水笼头，水缓缓地流到面盆里。拿毛巾时，不小心碰翻了玻璃杯里的牙刷，发出一阵叮叮当当的声音，他捂住了自己的嘴，做出嘘状，生怕惊醒了谁似的。

洗漱完后，他先在客厅里将衣服一件件脱下，搭在沙发上，然后，只穿着裤衩背心，蹑手蹑脚地向卧室走去。卧室的门虚掩着，这是他和她约好的，免得他开门时弄出声响。每隔一段时间，他都会给门链上点润滑油，这样开门时，门链就不会发出吱呀声了。他悄悄地摸到床的东边，他睡的一侧。这也是他和她约好的，这侧靠近门，他深夜回来后，可以就近上床。他轻轻拎起被子的一角，慢慢将身体挪上床，席梦思因为被挤压发出窸窸窣窣的响声，他停顿了一下，等声音消失了，再将身子整个钻进被窝。被窝里真温暖啊。这个婆娘，睡觉总是这么横，一定是又从她的西侧横到东侧了。还好，幸亏她又横了回去，否则自己冰凉的身体，要惊醒了她。

枕着她均匀而温柔的鼻息，他也很快进入了梦乡。

镜头切换一下。

她躺在床上，东侧，被窝已经被她焐得热乎乎的了。她抬眼看看墙上的挂钟，快凌晨一点了，她知道，他该下班回来了。多少个夜晚，她都是一个人安静地躺在床上，等待着他回来。只有他回来了，她才能安然入睡。

她听见了楼道里传来的脚步声，很轻很轻，但她还是听到了这熟悉的声音。他终于回来了。她从床的东侧移到了西侧，西侧的被窝，冰凉冰凉，她打了个寒噤，缩成一团。

她听见了钥匙轻轻插进门锁的声音。

她听见了门被轻轻关上的声音。

她听见了他蹑手蹑脚走进洗手间的声音。

她听见了牙刷和玻璃杯轻轻碰撞的声音。她嘴角咧了咧，这个笨手笨脚的家伙。

被窝里慢慢暖和起来，她合上眼睛，慢慢沉入梦乡，嘴角还挂着那缕笑意。

……是的，这个人就是我，而她，是我的妻子。

几年以后，我不再做夜班编辑了。

我惊讶地发现，妻子不知什么时候也变成了个夜猫子，不到凌晨一点钟，横竖睡不着觉。在我的再三追问下，妻子告诉我，我上夜班的时候，她每天都等我回来，直到听见我的脚步，听见我打开了门，才能入睡。怕我回来睡的是冷被窝，她总是先焐热我睡的东侧。

原来是这样！

我懊悔地捶打着自己的脑袋。其实很多个晚上，不到零点我就做好了工作，可以下班了，可是，我以为那个时间妻子刚刚入睡，还处在浅睡眠期，很容易被惊醒，所以，为了不惊醒她，每天，我都故意在办公室拖到凌晨一点钟，估计妻子熟睡了，才疲惫地回家。

我和妻子紧紧地拥抱在一起。

今天，不管遇到什么情况，我都会尽量早一点回家，我知道，家中有个人，在安静地等待我，只有我安全地回家了，她才能安然入睡。

爸妈那点浪漫事

在论坛上看到一个帖子，让大家晒一晒自己老爸和老妈的初恋故事。

帖子一出，跟帖者众，大多是80后和90后。真没想到，这些二三十岁的年轻人，对自己的父母能够这么了解，更没有想到，那些已经年届半百，整天为生计奔波的老爸老妈们，也有过这么多浪漫的故事。

一个女孩子写道，老爸和老妈，与他们那个时代的很多人一样，是相亲认识的。第一次见面，老妈就喜欢上了老爸。那么，是什么让老妈第一眼就喜欢上了看起来木木讷讷的老爸？老妈的理由，让这个90后的女孩子完全没有料到。老妈对她说，相亲那天，你老爸自始至终都低着头，没敢正视她一眼。而且，他的脸一直通红通红的，是那种害羞的红。老妈说，就是你老爸脸上的羞红，让自己一下子就看上了他。女孩子感慨说，仅仅因为脸红，而爱上一个男孩子，在今天看来，简直有点不可思议。不过，一个懂得害羞的人，还真值得托付一生，像他的老爸一样，女孩自豪地说，二十多年来，老爸没和妈妈红过一次脸。

害羞地脸红，这算不得什么浪漫的事情，不过，在这个很多人从来都不会脸红的年代，懂得害羞，至少是一件可爱的事情。

一个男孩子津津有味地讲述自己父母的故事。他的父母是中学同学，毕业之后，各自找到了工作，两个人的关系很一般，平时也没多少来往。有一次，两个人偶然相聚，老妈来到老爸的集体宿舍。当时是初夏，开始有蚊子了。两个人坐着闲聊，老妈忽然看见，老爸的胳臂上，停着一个黑点，定睛一看，是一只肥硕的花蚊子。老妈指指老爸的手，示意他有个蚊子，正在你手上吸你的血呢。老爸低头瞅瞅，笑着说，早看到了，没事，让它咬吧。胳臂动都未动。男孩子写道，那一刻，老妈惊呆了，难道自己的同学大脑有问题，连蚊子咬都不知道疼，而且，知道了还由着蚊子咬？老爸继续有一搭没一搭地和老妈聊着，可老妈的注意力，全集中在了那只肥硕的花蚊子身上了。过了一会儿，花蚊子估计是喝饱了血，腆着大肚子，晃晃悠悠地飞走了。老妈忍不住问老爸，蚊子咬你，你干吗不打它，至少赶走它啊？老爸挠挠头皮说，我要把它赶走了，它还在这个房间里，说不定就会去咬你，我让它喝饱了，它就不会再咬你了。男孩子写道，你可以想象老妈那一刻的表情。从那以后，老妈就经常和老爸见面了。

说实话，刚开始读到这个故事时，我都有点不太相信它是真实的。这个故事不浪漫，但真的让人为之怦然心动。

在众多的跟帖中，一个来自农村的女孩子父母的故事，在我看来，是最具浪漫色彩的。女孩子娓娓道来：一个夏天的午后，刚刚二十出头的老爸，突然夹着个厚厚的包裹，顶着毒日头，出了门，他要去十里之外的镇上。两个多小时后，老爸汗流浃背，喘着粗气，捧着那个厚厚的包裹，赶回了村里，但他没有回家，而是直奔村头的小翠家。小翠比老爸小两岁，平时喊老爸哥。老爸走进小翠家，将厚厚的包裹，放在了小翠的面前。小翠一脸茫然地看着老爸。老爸解开包裹，最外面一层是一件棉衣；打开棉衣，里面是一顶棉帽；揭开帽子，里面露出两只对扣着的碗。小翠惊讶地看着老爸，问哥你咋了？老爸神秘地说，我去镇上给你买了一根赤豆冰棍。一边说着，一边用手快速移开上面的碗。呈现在面前的，是一碗酱红的冰水，和一小截木棍……冰棍融化了！老爸呆呆地看着碗里的冰水，喃喃地自语，我用这么厚的东西包裹着，又跑得那么快，怎么还是融化了呢？小翠看看碗里的冰水，又看看满头汗珠的老爸，脸刷地红了。

你们吃过融化了的冰棍吗？你们知道那碗融化的冰水，有多甜蜜，有多温暖吗？女孩子幸福地写道，小翠后来就成了我妈啦。这，一点也不意外。

那些看起来有点老，也有点土的老爸老妈们，发生在他们身上的故事，竟然也如此美妙，如此动人。忽然明白，其实，再平凡的生活，你也可以让它们变得浪漫。这一点，什么时候都可以做到。

像爱套娃一样爱你

朋友为情所困，三个女孩让他无从抉择。国庆节，朋友远走俄罗斯。

一周后，朋友回来了，给三个女孩都带了一件礼物。

送给第一位女孩的，是一件俄罗斯套娃。俄罗斯套娃很可爱，女孩爱不释手。打开一层，再打开一层，又打开一层，九个一模一样的套娃一只套着一只。朋友告诉女孩，俄罗斯套娃还有一个美丽的传说呢。女孩好奇地听朋友讲述那个美丽的传说：很久以前，有一个俄罗斯小伙子，很小就失去了父母，和妹妹相依为命，但妹妹在一次牧羊途中被风雪所困，最终丢失了。哥哥对妹妹非常思念，就刻了一个木头娃娃带在身边，每一年哥哥都会刻上一个大一些的，在他心目中妹妹又长大了一岁；就这样很多年，哥哥刻了许多木头娃娃。朋友对女孩说，套娃是亲情的象征，代表哥哥对妹妹的思念。不管今后发生什么，我都会像爱套娃一样爱你。女孩明白了朋友的意思，哭着将打开的套娃又一只只套了起来。

送给第二位女孩的，也是一件俄罗斯套娃。俄罗斯套娃很可爱，女孩爱不释手。打开一层，再打开一层，又打开一层，九个一模一样的套娃一只套着一只。朋友告诉女孩，俄罗斯套娃还有一个美丽的传说呢。女孩好奇地听朋友讲述那个美丽的传说：从前，俄罗斯有两个好朋友，一个是木匠，一个是画家。一年，画家快过生日了，木匠花了很长时间，用最好的椴木凿了一套一个比一个小的娃娃，送给画家做生日礼物。画家收到后，爱不释手。他想，如果给这些木头娃娃画上色彩艳丽的衣服，一定更招人喜欢。于是他又调配色彩，给木娃娃穿上了好看的衣裳，果然人见人爱。从此，套娃就成了纯洁友谊的象征。不管今后发生什么，我都会像爱套娃一样爱你。女孩明白了朋友的意思，哭着将打开的套娃又一只只套了起来。

送给第三位女孩的，还是一件俄罗斯套娃。俄罗斯套娃很可爱，女孩爱不释手。打开一层，再打开一层，又打开一层，一只娃娃总是套着另一只更小的娃娃。女孩要打开最后一层时，朋友突然按住女孩的手说，俄罗斯套娃还有一个美丽的传说呢。女孩好奇地听朋友讲述那个美丽的传说：俄罗斯套娃可以帮助人们实现心中的愿望。打开俄罗斯套娃，找到最小最小的那一个，偷偷地告诉她你心中的愿望，并且要提醒她，你必等到美梦成真，才会再一次打开这个娃娃，然后再把她关回去，恢复原状。这个被你关在大娃娃腹内的小娃娃会迫不及待地想早点出来，因此也会想办法早日达成你的心愿。朋友对女孩说，我已经向里面最小的那个娃娃许下一个心愿，如果你打开她，就必须帮我实现这个愿望。女孩点点头，毫不犹豫打开了最后一个套娃。里面是一张纸条：嫁给我吧，我会像爱套娃一样爱你！女孩幸福地扑进朋友的怀里。

朋友告诉我，三个关于俄罗斯套娃的传说都是真的。他说，我爱她们，就像爱俄罗斯套娃一样。但爱又是不同的，有的是亲情，有的是友情，有的是爱情。

幸福的扑克牌

他喜欢玩牌，一玩就是大半夜。为此，她哭过，闹过，无济于事。她以离婚相逼，他收敛了几天，可是，牌友一唤，他的心又野了，魂又飞了，又回到了牌桌上。

不就是和朋友打打牌嘛。他振振有辞。朋友也劝她，男人打打牌，总比玩女人好，要是哪天他的心思花在了别的女人身上，那才叫悲哀呢。

道理她懂。不错，除了打牌，他不嫖娼，不包二奶，不抢掠，不乱糟蹋钱……可是，这就是他撇下她们母女昏天黑地地厮守在牌桌上的理由吗？她不甘心，她不想败给几张纸牌，她要将他从牌桌上拉回来，重建三口之家的甜蜜生活。

他出去打牌后，她开始着手自己的计划。

一天，吃过晚饭，他一屁股坐在沙发上，看起了电视。这可是破天荒的事情，平常这时候，他早胡子一抹出门了。

今晚不出去打牌了？她问。

嗯，没人。他答，他们几个出差去了。

那我和女儿，陪你打几把？

他瞪大了眼睛，不敢相信这是她说的话。你们什么时候学会打牌了？

她笑了，刚学的。别的打法我们也不会，我们就打最简单的争上游吧。说着，变戏法似的拿出一副扑克牌来。

这么大的扑克牌啊！女儿一把抢过妈妈手里的扑克牌，惊诧地叫了起来。咿，妈妈，怎么都是我们家的照片啊？

是的，这是我用咱家的照片，自己制作出来的。她骄傲地说，放心，都过塑了，比买的扑克耐用。

女儿高兴坏了，一把将爸爸拖了起来。一家三口，围着餐桌，打起了扑克。

他一脸狐疑。

开始摸牌。他摸起一张，照片边角写着“方块六”。这是一张他们两个人的合影，有点泛黄了，好像还是刚恋爱不久，两个人一起到杭州旅游，在西湖边拍的。照片中的自己年轻帅气，踌躇满志的样子；她则一脸灿烂，小鸟依人地依偎在他身旁。他偷偷瞅了她一眼，当年的校花，什么时候眼角都有鱼尾纹了。又摸起一张，红心五。这是一张女儿满月的照片，小眼睛竟然闭着，还在酣睡呢。他忍不住看了女儿一眼，怎么眨眼之间，都上初中了，成大姑娘了呢，时间可真快啊！每摸起一张牌，看见那些熟悉的照片，他的心绪就会随着照片，飞回过去的时光。他隐约觉得，她一定在精心设计着什么。不管她。他摸起最后一张牌，哈哈，竟然写着“大王”。“大王”是他们一家三口的合影，在黄山天都峰顶拍的。那天，才七岁的女儿和他们一起，攀上了天都之巅，云海翻滚，天风习习，巍巍群峰，尽在脚下，真是快意也哉！

出牌了。几轮下来，关键时刻，女儿“砰”打出一张“大王”。不对啊，我这里也有一张“大王”，怎么会有两张大王？她笑了，解释说，忘了告诉你们，这副扑克牌不是五十四张，而是八十张，有二十六个“大王”。

一副牌有二十六个“大王”？

是的，二十六个。她看着他，说，一个“大王”就是一张全家福。可惜，我只找出二十六张全家福，不然，还会有更多的“大王”。本来就应该有更多的“大王”的，不对嘛？她的神情，带着淡淡的忧郁。

对，就该“大王”多一点儿。女儿附和着。我要多抓几张“大王”，“大王”压倒一切！

他明白了。他预感到，今晚，他会输得很惨。

他们一家三口，酣战到很晚。走过楼下的人，不断地听到从他们家窗户飘出来的“大王”的声音。有几次，他也抓到了好几张“大王”，他像她们一样，威猛地一次次打出“大王”，一次次高声喊着：“大王！”声音雄壮有力。

他在心里告诉自己，一定要让这副扑克牌中有更多的“大王”。是的，“大王”压倒一切！

早晨的等待

去上海游玩，住在一个亲戚家。

亲戚是一对老夫妻，两个孩子都在国外定居了，就剩下堂舅舅老两口。我们虽然是远房亲戚，但对我们的到来，两位老人很热情，很开心，特地给我们收拾了一个房间，让我们安心地住，安心地玩。这让我们很感激。

东方明珠，外滩，南京路，我们自己先游玩了一天。

第二天，堂舅忽然对我们说，他和舅母要陪我们去逛逛老城隍庙。我担心他们的身体，堂舅笑着说，我们自己每个月也要去逛逛的，这次正好和你们一起去。那可太好了。堂舅老两口都是老上海，跟着他们去逛老城隍庙，定有意想不到的收获。

一早起来，堂舅已经准备好了早餐，稀饭、油条、煎蛋，还有他自制的煎饼。堂舅招呼我们赶紧吃早饭。我看看舅母的卧室，门关着，就对堂舅说，等等舅母，咱们一道吃吧。堂舅眯着眼睛瞅了一眼房门，她这时候应该已经起床了，在收拾呢，一会儿就好。

昨天我就已经注意到了，堂舅和舅母是分开住的，各住各的房间。堂舅告诉我们，舅母这几年有点神经衰弱，很难入睡，而且一旦被吵醒的话，就会再也睡不着了。堂舅咳一声，清清喉咙，有点难为情地说，自己年岁大了，鼾声也越来越大了，怕吵醒你舅母，这几年，都是分居的。我们理解地点点头。事实上，关于堂舅和舅母的爱情故事，我们早就听说过很多次了，舅母是一家文工团的演员，不但长得特别漂亮，还非常贤惠温柔，而那时候堂舅只是一个穷小子，家庭成分又不好。当年他们的故事，让我的父辈们羡慕不已。我是第一次见到舅母，虽然年纪大了，但风韵一点不减。舅母也似乎特别爱美，即使在家里，也化着妆，显得风姿绰约。

忽然，舅母的卧室里传来一阵碰撞声。会不会是舅母摔倒了？我赶紧起身，跑过去。堂舅一把拉住了我，没关系，我来看看。堂舅走到门口，站住了，大声问，出什么事了，要紧吗？手搭在门把上，却并未打开，也没有进去。屋里传来舅母的声音，没事，我不小心碰翻了桌上的杯子，我马上好了，就出来了。

堂舅回到餐桌边，对我们说，你舅母碰翻了杯子，没事。我们吁了口气，放心了。可是，有一点我难以理解，堂舅为什么不打开门，进去看看呢？假如是舅母摔倒了，可怎么办？堂舅似乎看出了我脸上的疑惑，笑着说，早晨，你舅母出房间前，一般我是不进去的。这是为什么？我正准备问问堂舅原因，舅母的房门打开了，舅母收拾整齐，精神焕发地出现在我们面前，让我们眼前一亮。她已经在房间里洗漱好了，淡淡的妆容下，你根本看不出舅母的年龄。堂舅注视着舅母，那眼神，很像一个情窦初开的小伙子，突然看到久违的姑娘似的。

堂舅和舅母，陪着我们将老城隍庙里里外外逛了一圈，一路上，堂舅和舅母基本上都是互相搀扶着，或者手牵着手，让我们几个晚辈都艳羡不已。中午我们在小吃广场吃的中饭，堂舅特别点了一个小吃，三丝眉毛酥，堂舅说，这是你舅母最爱吃的，每次我们来都会点它，你们也尝尝。果然又酥又脆，味道独特。

妻子陪舅母上洗手间去了。忽然想起那个心中的疑惑，我忍不住好奇地问堂舅，为什么早上你从来不进舅母的卧室？堂舅骂我一句浑小子，告诉我，你舅母年轻时就特别爱美，不希望别人看到她懒散的样子，即使是我。所以，每天早晨，我都是等她在房间里洗漱化妆好，才进去的。原来是这样。我张着嘴看着堂舅，他比我年长近三十岁，却有一颗比我细腻的心。

回堂舅家的路上，堂舅和舅母互相搀扶着走在前面，我也拉着妻子的手，紧跟在后面。

杨福成

1973年5月生于山东宁阳，1996年毕业于山东艺术学院，2013年结业于中国艺术研究院中国书法院。现为《读者》《格言》《百花园》等签约作家，《齐鲁晚报》专栏作家，作品曾入选中考试卷、高中语文必修教材等。

简单爱

女儿发高烧，住进了儿科病房。和我女儿临床的，也是一位小姑娘，七八岁的样子，静静地躺在病床上，妈妈紧紧地依偎着她，很是怜惜。

过了一会儿，病房里急匆匆地闯进来一个男人，体格很健壮，跛脚，右手拄着一根拐杖。一进门，跛脚男人就冲向躺在床上的小姑娘，伸手摸了摸她的额头。

“滚！你来干什么？”小姑娘的妈妈大声嚷道。

“你才滚呢！让你昨天带孩子到医院，你就是不听！”那个跛脚男人反过来斥责小姑娘的妈妈。

说完，跛脚男人又将手轻轻地放在小姑娘的额前。

“快滚！你不是整天在外头混吗？快滚，这儿不需要你！”小姑娘的妈妈又大声地说。

“让我走？这是你说的？走就走！”说完，跛脚男人拿起拐杖，拄上，生气地一瘸一拐地离开了病房。

没过一会儿，跛脚男人又回到了病房，站在小姑娘的床前，轻轻地抚摸着她的额头问：“孩子，饿不饿啊？”

“爸爸，我饿了。”小姑娘娇嗲地说。

“女儿爱喝米汤，你给她熬好带来了没有？”跛脚男人问小姑娘的妈妈。

小姑娘的妈妈还在生气，没有说话。

跛脚男人环顾四周，看到了一个保温桶，他脸上露出了笑容，拄着拐杖，一瘸一拐地走过去，将保温桶打开，抱起轻轻地晃了晃，倒出一碗，又用小勺舀出一点放在嘴边轻轻地试了试，端到小姑娘的身边说："孩子，温度正好，快喝点。"

跛脚男人舀一勺，小姑娘喝一口，很甜蜜。因为没有拄拐杖，跛脚男人站着有些困难，但他还是坚持着。

小姑娘的妈妈看着跛脚男人喂饭的样子，脸上的怒气明显消退了，她走过去，将一把椅子使劲地往他屁股底下推。跛脚男人坐下，没说话，继续给小姑娘喂饭。

喂完饭不久，吊瓶就打完了，小姑娘的妈妈拿着一些零碎的物品，牵着女儿的手，挎着跛脚男人走出了病房，留给我们一张幸福的剪影……

一个简单的动作，能够拨开一片乌云。爱，就是这么简单。

吵闹，是生活的波澜，是爱的涟漪，爱不可能永远单纯没有伤害，能否体味到其中的爱和幸福，就看你是否能够把爱看得简简单单。

微幸福

公交车上，一对年轻人依偎在一起。

"咱晚上吃什么？"女孩问。

“你说呢？”男孩说。

“你给我做个蒜黄吧？”女孩仰着脸问男孩。

“行啊，蒜黄炒啥啊？”男孩含情脉脉地看着女孩问。

“炒肉吧，我想吃肉了。”女孩说。

“不行，我不会炒。”男孩说。

“那就蒜黄炒鸡蛋吧。”女孩说。

“那好，我就会做蒜黄炒鸡蛋。”男孩搂着女孩微笑着说完，又问，“还想吃什么？”

“吃——还吃什么呢？我不知道。”女孩微笑着说。

“那就煎豆腐吧。”男孩说。

“不——不行。俺不爱吃豆腐。”女孩说。

“我就爱吃豆腐，就煎豆腐吧。”男孩逗女孩说。

“不行，就不行！”女孩娇嗲地说。

“那好吧，那就炒个豆腐皮。”男孩又故意逗女孩说。

“豆腐皮俺也不爱吃！”女孩撅着小嘴假装生气地说。

“那就炖个黄豆芽，怎么样？”男孩坏笑着问。

“不行，不行，豆类的都不行，再换！”女孩白雪公主般吩咐小男孩。

“那好，就再做个菜花吧。”男孩说。

“好！菜花炒肉。”女孩说。

“不会炒，只会清水煮菜花。”男孩笑着说。

“那好吧，清水煮菜花就清水煮菜花，只要是你做的，我就爱吃。”女孩说。

车到站了。

“走，下车，咱回家去清水煮菜花喽！”男孩说着，拉起女孩的手就下了车。

一路上，我陶醉于他俩幸福的对话。

这一对年轻人的幸福，虽然不是什么职位高升、中了巨额彩票、买了豪车豪宅的大幸福，只是蒜黄炒鸡蛋、清水煮菜花这样的微幸福，但却很感人，感觉离生活很近，离我们很近。

现在渴望飞黄腾达、一夜暴富的人越来越多，而真正拥有幸福的人却越来越少，富兰克林说：“与其说人类的幸福来自偶尔发生的鸿运，不如说来自每天都有的小实惠。”这种“每天都有的小实惠”，就是我们生活中的一个个微幸福了。

微幸福，虽简单如清水煮菜花，但却让爱情更加醇美。

一路开花

本名李兴海，云南宣威人，《读者》《青年文摘》等期刊签约作家，《语文报》《疯狂阅读》等媒体专栏作家。有多篇文章被选为中考、高考语文阅读试题。已出版《你若安好》《原谅我不懂你的心》《总有些青春要辜负》等十五部作品，主编图书百余本。

爱的温习

母亲耗尽十年的时间终于止住了爱别离的伤痛。她终于可以放下对父亲的忐忑，和那一份无法寄托的哀思，安静地面对后来的人生。

正午和傍晚，我时常见她站在门口，一面用画布围巾擦着油腻的双手，一面焦急地朝着巷口观望。若我在家，她定会如是呼唤：“海啊，快去看看你爸，都这会儿了，怎么还不回来？”

我在母亲的目光中匆匆奔进了幽深的巷子。我经常都会故作气喘吁吁地跑来跟母亲说：“妈，妈，我爸来了，就在那头来着！”母亲一听，便又手忙脚乱地回到厨房里做饭。当然，我是骗她的，我每每总是在巷口稍站一会儿，便蜇身飞奔了回来。

偶尔母亲会问：“海，你刚才看到的真是你爸吗？怎么现在还没到家？”我信誓旦旦地说：“是，绝对是！我还看到他挎着那个绿色的工具包呢！”

母亲从未怀疑我说的话，因为即使父亲真到了巷口，也不一定就能马上回来。他经常会被隔壁邻居请了去，帮忙整修废弃的电灯泡，更换滴水的水龙头。

母亲虽然经常对此抱怨，却从未阻止过父亲帮助他人。我记得她说过，一个男人，一定要善良。我想，她一定喜欢父亲的善良。

父亲在那条黄沙漫漫的小路上独自行走了四十五年。有一天，他终于累了，安静地躺在床上歇息，再不复醒。

母亲哭得天昏地暗，歇斯底里。我当时也哭了，但确切地说，我并知道发生了什么事情。反正母亲哭了，且很伤心，所以我也得跟着哭，跟着伤心。

父亲下葬的那天，很多街坊邻居都来了，站在阴冷的山沟里，嘤嘤哭个不停。这次，我又哭了。我已经清楚地知道，从今以后，再不可能望见父亲的背影，而母亲也再不会令我前去探寻父亲的消息了。

母亲沉闷了很多年，她一直更改不了在饭前斜靠门口的习惯。正午，傍晚，她都会从厨房里出来，默默地在那儿站上一会儿。有几次我在门口和同龄人玩耍，猛然回头，便看到了那些在她双眼中晶莹的浪潮。

冥冥中，我有了一种感动，虽然我当时并不明白爱情是什么，但我的确被一种莫名的情感所打动。我想，母亲一定是想念父亲的。那种想念，远比我胸膛里的悲缅浓烈千百倍。

十年后的春天，我从甘肃赶回云南与母亲团聚。除夕之夜，母亲欢天喜地为我做好了可口的饭菜。我暗自为母亲庆幸，因为这次，她从始至终都不曾去门口停留过。

饭前，母亲多放了一双碗筷。碗里，满是父亲最爱吃的红烧肉，她一面朝那只古朴的铜杯里倒酒，一面喃喃地说："你爸最喜欢喝这时的苞谷酒了。"

我以为，母亲已经从那样的愁伤中走了出来，却不知，她只是换了一种方式来温习那段无法放下的真爱。

为了爱情

十年之后，每每遇到被爱伤挫之人，我还是会无由地说起这个小镇中的久远故事。

他实在想不起来，到底是何时遇见了她。在大队分配之前，他们早已熟识。他在城里念过几年书，但终因家贫落魄，半途归乡。

在他没来之前，村里没有一个人刷过牙。那时候，刷牙是件极为稀罕的事情，是城里人和读书人的专属。

她记得他刷牙的模样。蹲在潺潺的溪边，用一把青绿的牙刷，刺啦刺啦地从嘴角扯出许多白色的泡沫。

她痴愣着站在不远处，眼睛一眨不眨地看着他。他们彼此见过很多次，虽不知晓对方姓名，但意识中，却早如朋友一般亲近。那天，他不但从兜里取出一把牙刷送她，还极为耐心地教她刷牙。

她吓坏了。她不知道为何从自己口里扯出来的泡沫不是白色而是血红色的。她记得他那天的叮嘱，他说，是因为你从来没有刷过牙，才导致牙龈出血，记得以后要坚持刷牙。

从那以后，她迷恋上了刷牙。她多希望自己也有一口像他那样洁白的牙。每个阳光深邃的清晨，在潺潺的溪流旁，只要一张嘴，便能散发出薄荷的清香。

后来，他分配进了大队。时不时地跑过来看她，帮她扛笨重的粪桶和一筐又一筐的土豆。她心里是喜欢他的。那种喜欢，像一条泛满阳光的溪流，汩汩地涨满了她的心田。

只可惜，他们所在的年代，是一个贫穷的时代，也是一个先婚后爱的时代。成千上万人的终身幸福，都像一场迷幻的赌局。他们根本不知道将与自己相伴一生之人的模样，更不明白，自己为何要采花插头，同结连理。他们清楚，他们没有丝毫选择的权利。

像她如此美丽的姑娘，是该与一个条件不错的贫下中农结成连理的。他不想耽误她的一生。因此，在她挣扎着死活不肯出嫁的时候，他仓促至极却又大张旗鼓地完成了自己的婚礼。

他婚后的第三天清早，喜庆的锣鼓敲开了她的门扉。她是一路哭着去的。村里人都以为她舍不得自己的父母，纷纷安慰她，婚后也可以回家。只有蹲在溪旁刷牙的他，知道她眼泪深处的全部秘密。

就这样，两个彼此相爱的人，被时光和距离残忍地割裂开了。他们各自奔波在一个狭小的角落里，成了人父人母。

许多年后，他们的配偶相继去世。而此刻，村里的溪流早已干涸，山道变成了宽阔的柏油路。终于有越来越多的人看到，他们从一南一北的小镇角落里赶来，彼此牵挽着手。

不知是谁想起了他们当年的故事。从溪流到牙刷，从牙刷到粪桶，再从粪桶到土豆。人们终于明白，这对风烛残年的情侣在当年的痛苦和无奈。

他们携手许诺的时候，已是白发苍苍，来日可数。小镇里的人都为这段横穿岁月的爱情感动着。可婚后不到一年，他们便相继离世。

十年后再想起这个故事，我双目依然婆娑温热。那么多的人世祝福，那么多的热泪与企盼，到底还是没能留住他们的爱情和性命。如果他们的一切终将归于尘土，烟消云散，为何不是在重遇前的那些坎坷间?

我想，他们必须活着。为了这段尚未完满的爱情，他们必须好好活着。

那些被错过的幸福

第一次见她的时候，我正在图书馆的角落里翻寻屠格涅夫的《父与子》。而她，似乎根本不曾注意我的到来，独自捧着那本陈旧的《茶花女》，泪眼潸潸。

流光从风起的幕帘罅隙中暗沉沉地飞了进来，如花似雾地落了她一身。她的裙裾洁白，有外围的花条旋转着低垂下来，像晨曦中的牵牛花，袅绕攀腾；带着残泪的眼睛，如同江上夜里忽闪的渔火，明亮而又隐约。

我要找的那本书，与她靠得极近极近，因此，我不得不鼓足勇气，放下一个自卑少年对异性所具有的怯懦，慢慢地向她靠近。最后，踮起脚，以几近歪斜的身姿，取下了那部赭黄的书。

环绕在她周围的淡雅的茉莉清香，也是在那短暂的一瞬间，扑上了我的脸面。我显然有种措手不及的惶恐，狼狈地朝着光亮的出口处逃窜。许久许久，胸膛里的余悸，都还如旺盛的篝火一般跳动。

此后，我再忘不了那样的一个场景。在昏暗的书架中，一个穿着洁白裙裾的姑娘，为躲避众人的目光，独自倚着几寸日光，读那感人肺腑的《茶花女》。我想，我该为这样的相遇写点什么东西。这样，我便可以凭借倾吐，将这份纠结的情绪，慢慢忘却。

实质上，我并不能忘却。尤其是某一次课间操，心血来潮站到前排，恍然看到她消瘦的身影后，更是难以自拔。她是真瘦了许多，以至于显得有些憔悴。兴许，她也发现了这个问题，才不得不穿一身宽大的运动服，以看起来协调些。

自此，每每喜欢挤在人群后面的我，开始逐渐跃到人群前面来。我似乎迷恋上了这样日渐清晰的靠近。直到有一天，我发现自己已经站到第一排了，已经无法再与她慢慢靠近了，我才猛然有一种莫名的伤悲。

我该把广播体操做得更标准一些。兴许，她偶然回头便会注意到我。于是，闲暇时，我就对着偌大的橱镜，一遍一遍地修正自己的动作。因为动作的规范和娴熟，我成了班里的领操员，不用争分夺秒下楼，也能站在人群的前列。

众目睽睽下的五分钟，逐渐让我变得开朗起来。我不但可以理直气壮地帮助班里的其他同学修正动作，调整队形，还能面不红心不跳地与前排女生对视几秒。

她有没有回头看过我，我不知道。兴许是有过的，只是，这偶然的惊鸿一瞥里，定然不会有我这平庸身影的定格。

我想，我该勇敢一点，去告诉她，有一个少年，正苦苦地暗恋着她，并且因她，逐渐变得勇敢，开朗起来。我一直这么想着，这么盘算着。甚至，写好了信，想好了要说的话，就等待一个四下无人的时机，递交给她，说给他听。

实质上，这样的时机有过许多次。可我始终不能伸出双手，那么镇定而又泰然自若地与她问好。对于她，我似乎永远都是那一个怯懦而又自卑的少年。唯一能做的，仅仅只是朝着光亮的出口，仓皇逃窜。

这辛苦的暗恋陪我走过了少年，让我在三年的高中生涯里，不经意地从人群中剥离出来，褪去青涩的外壳，长满成年的羽翼。

很多年后，无意间读到尤里·纳吉宾的《热妮娅·鲁勉采娃》，被其中一段热情的文字，感动得热泪涟涟。“……刹那间，我真想令时光停住，好让我回顾自己，回顾失去的年华，缅怀那个身穿短小连衣裙和瘦窄短衫的小女孩……让我追悔少年时代我心灵的愚钝无知，它轻易地错过了我一生中本来可以获得的欢乐和幸福！”

可这错过的幸福啊，也曾那么真实地丰满了一个少年的羽翼，让他在无形中变得羞涩而勇敢，茫然又坚定。

可怜了那些爱情

他是宿舍里最早获得爱情的幸运儿。对方很漂亮，留一头乌黑的长发，念经济学，说起话来铿锵有力，有条有理。更让人羡慕的是，这位让人眼前一亮的姑娘，不但成绩名列前茅，还身居社团高位。

这对时髦鸳鸯，当年不知羡煞了多少旁人。尤其是对于我这类在现实中自命不凡，却始终单身的顽固分子。同寝的几位兄弟，无不犯了深度眼红病。

金秋时节，这对深情伉俪突发奇想，约我们去看江潮。同寝的几个兄弟，瞬间惊呼："你小子是想刺激我们，是吧？""虽然我们常年单身，但我们拥有鲜明的敌我意识，怎么能和你这类自甘沉沦的新新人类搅和在一起呢？""放心吧，兄弟，明天天晴呢，光线充足，我们这些电灯泡去了也派不上用场！"

几个单身汉笑闹着拒绝了他的邀请。当日，天气预报似乎出了问题。整个清晨，天空都飘着毛毛细雨。同寝的兄弟们打趣："去吧，雨中望江，那更有一番情趣呢！"

他真去了，牵着她的小手，一步一步地走上桥头。湿润的江风如同一块冰凉的面纱，渐而敷上了各自的脸颊。他撑着一把宽敞的油纸伞，像画中江南烟雨的书生模样，抬起另外一只空闲的手，捋了捋她额前的乱发。

她像个孩子一般倚在大桥的护栏上。兴奋地说："你得抱我，快！《铁达尼号》电影里，那男主角就是这么抱女主角看海的！"

他拗不过她的热情，小心翼翼地将她抽上了护栏。他从后面抱着她，紧张而又倍觉幸福。江风吹翻了他身旁的雨伞，他们顾不得拾捡，紧紧地拥着对方，任凭一望无际的江面充斥他们的视野，任凭呼啸的江风撕乱他们交织的头发。

他们太过于忘情了，竟然在护栏上接起了吻。江潮澎湃，江风拂耳，他们浑然不觉。忽然猛烈的江风把她推得一个踉跄，险些坠入江面。幸好他死死地拽住了她。可她的双脚已经脱离了护栏。

他抓紧了她的双手，尖叫救命。可惜，那天的雨中江桥，荒凉异常。大抵，没有多少人会懂得这样的浪漫。

他再也握不住她的双手。她如同一面断线的风筝，在他的狂喊中，不可阻挡地投入了滚滚江潮。她曾经问他："如果我落水了，你会怎么办？"他一本正经地说："我会陪着你一块跳下去。"她笑了，他们彼此都不会游泳。

此刻，他只有落泪和承受心痛的勇气。面对这样的景状，他始终不能兑现当年的诺言，为她舍弃灿若夏花的生命。

接着，这个悲剧轰动了安静已久的校园。他成了所有人眼中的懦弱的象征。他在流言与蜚语中，活得狼狈不堪。他对我们说过无数次，他常常会在夜里惊醒。醒来，眼前就是那一片翻滚的江潮……

十年后同学聚会，唯独他依旧单身。谁能料到，当年最为春风得意的他，会是今日的样子？又过了许多年，我终于听到他新婚的消息。我电话里送他祝福的时候，他说了一句让我终生难忘的话："可怜了这些年的爱情……"

这句平白的话，在我脑中丝毫不亚于一个晴天霹雳。不论你曾失去了多少刻骨铭心的东西，但只要活着，终归是要选择一种常人的方式继续。因此，那又何必挥霍岁月，自闭心门？

只能爱你一分钟

那个草长莺飞的午后，当她怀抱一摞书本急匆匆地从门外奔来，无意倾倒于我课桌上时，我的心便如同那些翻飞黯淡的书本一般，哗啦啦散了一地。我故作从容地一动不动，不帮她拾捡书本，亦不多说片语。生怕自己一个不小心，一举手，一投足，就会将心里訇然裂开的秘密抖落在地。

似乎，我当时能做的，仅是用故作冷漠的态度来掩饰心灵深处的大响。没人知道，在那个三月黄昏的暮色中，一个平日里最爱惹是生非的少年，被一个柔弱的女生在意想中打成了重伤，且自此再无还手之力。

我开始在意自己的发型，尽管它依旧蓬乱不堪，但我还是力求让它有些张狂的个性；我开始注意自己的衣着，尽管三天两头不得不换上那件纯白的运动衫，但我已经学会在运动衫的两头加一点耀眼的坠饰；我也开始注意自己的音量和言语。譬如，再不说那些带有让人生厌的脏字的话，再不去教室门前和隔壁班的坏男孩们大声嚷嚷，也再不看花哨低俗的三流杂志，借此谣传明星绯闻。

我尽可能在力所能及的范围内，将自己变得更好。说不定，她会因为我的发型而主动跟我搭讪；说不定，她会因为我的衣着，而简短地跟我聊上三言两语；更说不定，她会对我的突然改变，暗自有一种浪子回头的欣慰。

谁也不曾注意到，那个昔日在作文课上打盹酣睡的少年课桌里，早已安放了几本世界名著。譬如，塞万提斯的《堂吉诃德》，莎士比亚的《哈姆雷特》，以及海明威的《老人与海》等等。没人注意这个少年，他的呐喊与沉静，似乎都与这个狭窄的人群毫无关联。

我感到一阵莫名的伤悲，那么多日子悄然过去，她都不曾发现，那个几度在班里闯下大祸的少年，早已在时光中慢慢平息。直到有一天，后排的男生赫然看到他手里抱着一本《老人与海》，才厉声尖叫着讽刺，嗨，嗨，大家快来看啊，全世界最荒谬的文盲竟然研究起海明威来啦！

她拨开讥笑的人群，用一种几近咆哮的音量维护了少年的自尊。似乎，我再也无法忘却，当日她所说过的那句简短的对白。看名著怎么了？名著写出来不就是让人看的吗？你们要是觉得人家是文盲，那你们和文盲坐在一个教室里学习，你们算什么？

她是班长，在旁人看来，这是本职性的对群体内部弱者的具体保护。但在我看来，那天，却是那么特殊，那么别有他意。我似乎愿意觉得，她其实也是喜欢我的，如同我默默地倾慕着她一般。只是，一直不曾有这样的机会，让她可以名正言顺地与我同条战线。

我以感激的名义请她吃饭，用笨重的自行车载她回家，为她在楼下顶着炎炎烈日一遍遍地练习着深情告白。可最终紧要关头，却还是照旧怯懦而又狼狈至极地问了一句言不由衷的话，班长，周末的班会主题内容是什么？

所有人都知道她拒绝了我。当我迎着风，鼓足勇气对后座上的她说我喜欢你的时候，她竟然不顾一切地纵身跳车，与我远远分开。

我懵懂的恋情和那段炽热的告白，最终只能在一片奔如流水的哄笑声中，遥逝成风。我像是受了极大的伤害，再不敢与人相斗，大声争辩。似乎，自己被别人紧紧地抓住了一个要害，只需轻轻用力，便会窒息而亡。

我决定将心门再次关闭。可谁知道，少年的心，一旦开启，便再也身不由己。于是，我只好这样固执，而又不可救药地暗恋了整整三年。

那些在旁人看来是最美好的，最为珍贵的回忆，对于我来说，仅是一片狼藉的青春战场。我在长达三年的战场上，一面做着勇敢执着的子弹，一面，又做着不触即溃的逃兵。

离别的时刻，我终于再次鼓足勇气，走到她面前，轻轻地说了一句，呵，曾经，我可是多么多么喜欢你啊，而你，却还是无动于衷。我说的有些凄婉，悲凉，物是人非的惆怅。

我以为，她会一如既往地对我冷漠决绝，拂袖离场，岂知，她竟然无所避讳地牵起我的右手说道，谢谢你这几年的坚持，但我只能爱你一分钟。

那一分钟，真有一世那么漫长。她紧紧握住我的右手，领着我，奋不顾身地穿过喧闹的人群，走进那条夏花四散的幽幽小路。

蔷薇已然漫过墙头。我努力地快些，再快些，那样，我便可以在有限的时间里，和她一同走到蔷薇木架的尽头。极短极短的六十秒，让一个坚毅的坏男孩，泣不成声。我庆幸，欢喜，自己终于，终于有了那么一段长达一分钟的恋情。

我的心，再次有了一阵通天大响，轰轰然地，从天边的流云深处赶来，将纷乱的心门，再次掩合而上。

今日，当我终于能以一个旁观者的身份来回视这段青涩辛酸的暗恋时，终于明白，为何会在转瞬即逝的一分钟里豁然解脱。

原来，我一直所追慕的，不是真正的爱情，只是那个于暮色中被打乱的倔强少年心，以及一些在成长追逐中自以为被流言击得粉碎的薄弱尊严。

查一路

安徽怀宁人，专栏作家，畅销书作家，高校副教授，《读者》等期刊签约作家，数家门户网站特约撰稿人。迄今为止，在海内外报刊发表及转载作品三千余篇次，计六百余万字。作品入选散文、随笔、小小说类各年度年选和百余种图书。出版随笔集六部，曾获冰心文学奖及其他文学奖项多次。作品在全国青年读者中具有较大影响，多篇文章入选中学、大学教材和中考、高考试卷。有评论称其作品“语言隽永、风格唯美、内容深刻、表述睿智”。

摁住门铃不松手

男人和女人终于伤筋动骨地吵了一架，那时他们才刚刚商量结婚。男人摔门出去，离开女人的宿舍。女人打开门，扔出一句话：“是个男人就别再敲这扇门！”一个白天，在心烦意乱中过去。最终，男人还是踌躇地走到门边。想了半天，男人摁响了门铃。可是门没有开。男人知道女人就在屋里。

男人摁了第二次，门依旧朝他紧闭着。

男人第三次摁响了门铃。在摁门铃的同时，男人感到愤怒且委屈，自己已无数次原谅了女人。就说眼前摁门铃这事，本来男人主动回来且摁响了门铃，就已是原谅了她，可是一而再，再而三地原谅，却得不到她的回应。

男人羞愤交加，于是决定，这第三次如果门还是没开，他将永远离开这扇门。

第三次，门依然没开。男人伤心地离去。

多年以后的相见，他已是人夫，她已是人妻。看淡了世事，可是，旧情还没有在心里变成死灰。想起当年的光景，彼此都有疑惑。男人问，我摁了三次门铃，你为什么就是不开门？

女人说，听到第一声门铃，她还在生气；听到第二声门铃，她心软了，准备原谅他；听到第三声门铃，她从沙发起身走到了门边，等待着第四声门铃。她想，他如果第四次摁响门铃，她将彻底原谅他，并把娇嗔的泪水洒在他的肩头。可是，已没有了第四次，门铃声再也没有响起。女人站在门边，等待了一夜，泪也流了一夜……

如果有第四次……可是生活已不容假设。第四次的门铃，在当时的男人看来，是多余的一次，在女人看来，又是必不可少的一次。爱情中的一次小小过失，就有可能瓦解了婚姻。爱情可以在几次的尝试中放弃。若想把爱情演变成婚姻，就得摁住门铃不松手。

掌心里的橘子

去医院探望熟人。

几句轻声问候和祝福，让病中的人获得的慰藉却不少。旁边病床，躺着位老先生，或许是听觉的原因，一直在大声地嚷嚷。

他在说一件事。

床边是一位老太太，轻手轻脚，低眉顺目，可能在一起生活多年的缘故，似乎对老先生的嚷嚷，习以为常。

听了一会儿。老先生是在说有关橘子的事。老先生要吃橘子，看起来，他是个急性子，等得不耐烦。不由得责备起来："人老啦，真不中用，你看这老太婆，让她拿个橘子，她一直放在手心里，足有五分钟了，动作这么慢！以前可不是这样啊！"

老太太轻声地解释："不是慢，也不是把橘子忘在手心哦，你还不知道自己的毛病？"

两个人，声音一高一低地对着话。

明白了。原来，老先生患有严重的气管炎，一到天冷，容易咳嗽，尤其吃生冷的食物，更容易咳嗽，可是，他爱吃橘子；老太太把橘子握在掌心，是想让掌心的温度，将橘子焐热。每到冬天吃橘子，老太太总会把橘子握在掌心焐上五分钟，再递给老先生。

妻子夸老太太真有慧心。而我想，相濡以沫几十年，爱到深处，不经意间总有温馨的细节在潜意识中流露出来。这种事，可能还有很多。只是在冗繁的生活中，这些细节像金子埋在沙堆里，秘而不宣而已。

身边常有看似好好的一对夫妻，忽然间就离了。原因也不是什么大不了的事，都是指责对方对自己不够关心，不够理解，不够体贴。不断摩擦，由小生大，终至水火不相容。其实，生活好了，物质上什么都不缺。缺的，就是这握在"掌心里的橘子"吧？

迎着傍晚金色的暖阳，我常常在郊外散步。也常常想到那对老夫妻。尘世中，每个人都得忍受自身的病痛和外界的伤害，内心常常有难以言说的痛苦和焦虑，收获一个美好的细节，至少能获得片刻的轻松。

同时，我也想到了妻子，她很少休息，几乎在所有的时间里奔波劳碌，在夜色中疲惫归家。我想了很多，想到了所有我爱的人……我该如何表达我内心的柔情？

无须每个人手握一个橘子。但在合适的时间，有很多种方式，可以把掌心的体温，传递给所爱的人。用心去爱，许多温馨的细节，都会从生活中不经意地跳出来。

爱你一只耳

他身材矮小，老实木讷，是那种一说话脸就红的男人，而且在他的身上也看不出有惊世才华被埋没的迹象。而她亭亭玉立，纵使洗尽铅华，依然有天妒的红颜。他们的结合，始终让人看不懂：上帝怎么将这两块不相称的泥捏到了一起?

他们是大学同学，从毕业结婚到现在，时光已流逝了二十年。二十年里，他一直像个孩子，仰着脸傻傻地问:“搞不懂！你爱我什么呢？”她便逗他:“你才华横溢啊！你英俊潇洒啊！你是太阳神阿波罗啊！你是黑马王子啊！”这不是真的，可是他迷茫的脸上，常常会因为这些甜蜜的谎言浮起丝丝满足。

那是在即将去母校参加校庆的前夜，他恳切地问她:“你当初为什么选择我，我得对昔日的同学有个说法呀。”她认真地想了想，便问他，可曾记得二十年前刚进大学的第一次聚会。

那是他终生不能忘怀的。当时他就坐在她的身边。他忸怩，不安，表现得极其糟糕。不像城里来的学生，在女孩面前侃侃而谈。尤其令他不能原谅自己的是，笨手笨脚的他，竟然在续水时，慌乱中将水瓶的木塞掉到了她的茶杯里，引起哄堂大笑。而他则羞得再也没敢抬头看她一眼。

他俩都还记得，当时有位同学说了句令女生很尴尬的话。在场的男生为了显示自己的见多识广，竟都借题发挥，不敬之语滔滔不绝。

只有他一个人低着头，独自默默地难为情。

现在，她笑了起来。

当时你侧面对着我，你的那只正对着我的耳朵，红得像一片火烧云。当时我就注意上了它，耳朵的结构原来可以这么精巧。从此，我就喜欢上了这只耳朵，喜欢看它怎样在羞涩中发红，喜欢看它细腻精巧的样子。当然，最后，就离不开耳朵的主人啦！

一只男人的耳朵会因为羞涩红成那个样子，这是她不曾想到的。从那种尴尬的红色中，她想到了诚实和纯洁，或许还有真挚与温柔。不过这层意思她没有说出，怕他会因此得意忘形。

他的耳朵再一次红了，不过这次是因为满足。他有一只骄傲的耳朵，走到大街上他也不再自卑。就是这只耳朵，让他不战而胜、击败情敌无数，收获了一位让自己为之骄傲的女性一生的情感和美丽。

亲爱的，我不会走远

我的目光长久地停留在他们身上。男人坐在轮椅上，女人推着他。隔段时间，女人俯下身子，与男人低低私语。犹如春天池塘里低飞的燕子，滑过水面而与水面达成默契。

私下揣测，男人目前的处境，或者源于一种疾病，或者源于一场车祸，总之，丧失了自理能力。

临近中午，广场上的人们渐渐离去。

风起。我看着春风轻扬百荷公园池边的杨柳，绿色的丝绦亲吻着堤岸；同时也看着那对准备离去的男女。

然而，风就在这时吹走了女人头上那顶白色凉帽。女人放下轮椅的手柄去追逐帽子。风，嬉戏帽子，考验女人。帽子越走越远，女人越走越远。

接下来的一幕多少让我有些吃惊。

男人突然毫无先兆地大哭起来，很悲切又很委屈地嚷嚷："你不要离我走远！不要离我走远！"显然，灾难不仅侵蚀了他的肉体，同时也损害了他的智商，让他回归到一个低龄孩子的单纯和胆怯。

女人显得尴尬，而且无奈。她跑回来，大声地安慰男人。我终于听到了女人对男人一直呢喃的那句话："亲爱的，我不会走远！""不会的！""不会的！"

当她试图再去追逐那顶帽子，又遭遇了男人大声的抗议。

女人只好推着轮椅去追帽子，帽子并不停下来等她。尝试了几次，她终于放弃了。有一个动作始终如一：她不时地俯下身，说着那句话。

帽子越走越远。我觉得，剩下的事应当由我来完成了。

当我拾起帽子交给她时，领略了她不俗的相貌和气质。

这天，我的心情特别好。在一个论坛上，一群人讨论爱情，其中一句话给我刺激很深："爱情，像鬼，相信的人很多，看见的人很少。"而我不信。譬如今天，倘若广场上的人们不曾离去，他们会见证眼前的一切。

女人像洁白的鹅毛笔，男人像天蓝色的墨水，在春光汹涌的午后，女人蘸着男人，写下了令人心旷神怡的美好。

当我越过公路，回头看见了身后等待绿灯的他们。女人不时地俯下身，说着那句话："现在相信了吧？亲爱的，我不会走远。"男人撒着娇："我知道，你不会的！"然后，对着阳光呵呵地傻笑。路人都很羡慕他，这笑容的背后，藏着男人多少不为人知的幸福？

让爱只看见屋顶

明显感觉到她对自己日渐厌倦。他问自己，是不是婚姻会发生危机？那倒不至于。他想了又想，只是爱索然寡味，只是她对自己一天比一天显得厌烦……

是不是疏忽了表达？不是，相反，他以为自己表达得够充分了。他每天会不厌其烦地跟她重复那句话，可是当三个字只说出了两个字，她已经打断了他，是啊，是啊，这我知道，这我知道……让他既感到沮丧又伤了自尊。

直到有一天，一位女作家兼心理学家来演讲。她讲到，爱是一种神秘的图腾，如果让爱失去神秘，图腾就变成了简单的图案。如果想让爱保持鲜活，就要让爱保持适当的悬念。他向她倾诉了烦恼，女作家开出了药方。字条上写着一句话：让爱只看见屋顶。

对着这几个字，他想了一夜。忽然想起了大学课堂上与老师的一段对话。那时老师在讲《罗密欧与朱丽叶》，他想为难老师，问老师爱情的颜色。老师不假思索，回答是蓝色的。他进而问，爱情的形状？这时老师想了想，最终回答，像一座冰山。它十分之三，露在水面，是可以看到的部分。十分之七潜于水表之下，因为不可见，才有吸引，才有悬念，因而也才有魅力。

《约翰·克里斯朵夫》里有一段关于婚期女子的描写："仿佛一个梦游患者，在屋顶上散步而丝毫不觉得这是可怕的梦。"爱就是一种探险，有未知才有刺激。让爱只看见屋顶，应该是这样一种状态：让情感中人，只在屋顶散步，去猜想屋顶下的屋子，是猜想而不是进入。猜想屋子里面的陈设，氤氲的百合花的香味，以及屋子里随时可能发生的故事。那扇本可以紧闭的门，本可以敞开的门，只推开一个缝隙，让眼神和想象追随一抹阳光忐忑地进入，而身体久久地在门外徘徊。

倘若径直走进屋子，视线中的一切一览无余。有什么样的陈设不会陈旧？有什么样的激情还能够历久弥新？

第二天，他微笑着送她出门。出门的那一刻，她好像在等待什么，终究什么也没有等到。这天的上午，他一共收到她连续发来的五个短信，短信的内容是他曾经不断重复、让她日渐厌倦的那三个字。

心底另一幅画

荷兰鹿特丹的凡·高博物馆，馆中的工作人员，用X光对凡·高一百三十幅早期作品进行透视。发现其中一幅名叫《坐在唐布兰咖啡馆内的女人》的画作竟然是重绘作品。现代科技揭示的真相是，画布的底子，原本是另一位女性的素描，被眼前人们看到的"坐在咖啡馆内的女人"所覆盖。据说，被覆盖的那位神秘女性，为生性羞涩的凡·高所倾慕，但她却拒绝了他。

……

她是我的一位朋友。来我这里，语调含着悲愤和屈辱，真没想到，前几天搬新房，我竟然发现他珍藏了几张照片，几张另一个女人的照片，想必是他初恋情人，想不到他的心中另有风景啊。结婚十几年了，他还一直没有忘怀。

我只是笑笑，这没什么！这能说明他不爱你吗？或者说明你们的爱情不纯洁？都不能。人在年轻时，心中都不止存一幅"风景画"。生活有许多个偶然，这些偶然往往打碎过去已有的东西，搭建新的未来。情感这东西，没办法放在天平上去度量。

彼时，她正在气头上，听不进一句别人的话。别人的劝解引起她更大的激愤。临出门，她留下一句狠话，说不定，我最近就跟他离。我不解，就因为这……

几天前的一次聚会，与她不期而遇。她态度大变，她说，回家后，想了想，这些年，老公一直很忠诚，算是品行高洁的君子。而且，两个人亲密的放大照片，几乎挂满了房间。于是，自己产生了悔意，是不是不应该去嫉妒那几张两寸的小照片了？

我跟她说起了凡·高的这幅名画，这幅画里就藏着另一位女人。人的感情就像这幅画，重叠着很多层次，千回百转。现实中的情感，并非非此即彼，毅然决然，能够像文艺作品那么虚构，那么理想化。要分清楚什么是爱什么是愧疚和怀念。

当着一桌子人，她彻底释然地笑了。

是的，在心底，你的“画”已经浓墨重彩，覆盖了另一幅“画”。那又何必苛刻到连另一幅画的影子都不允许存在呢？

说好不上“床”

她跟他见面，是经过她好友的介绍。他是个农村青年，在这个城市读完大学。然后，在这个城市找到了工作。他给她的印象是，诚实，腼腆，口诺。第一次见面，彼此都有继续向前发展的愿望。

可是，就在走出公园大门，准备分手时，一句话改变了她对他的印象。他很大方地说，下次我们上床谈。

说这话倒挺利索！她很惊讶。像这样的话，怎么好意思这么大大方方地说出口。何况，情感中的有些环节，在她看来是那样神圣。一个腼腆的人，怎么能说出这种话。再说，许多事都是水到渠成，需要这么大声地嚷嚷着预定吗？

她恶狠狠地告诫他，下次别再这么说。他不解地看着她，这有什么啊？我们都是年轻人嘛，年轻人要浪漫一点！

第二次，还在同样的地点，他送给她一束鲜花。这是一种浪漫的表达。她特意提醒他，浪漫到此也就够了。他们谈得很好。她几乎要爱上他了。忽然，他眼望远方，说，我们上床不好吗？

不是说好了，不说这句话吗？她几乎想用手中的鲜花，砸他的脑袋。这人怎么这样？她转背就走，不给他解释的机会。

过了半年。这半年，她几乎把他忘了。跟另外几个小伙子的见面，几乎没有什么感觉。这时，她想到了他，如果他不是那么粗俗，她真的很愿意。

一天，女友告诉她，那小伙子还一直惦记着她，她鼻子有点酸。点头答应，再和他见一面。第三次见面，她想他不会再说了。

可他还是说了。不过这次，她终于明白了他说的意思。当他们走到公园的湖边，他指着湖心的小船说，让我们上床吧！小小的游船，双双对对的恋人，卿卿我我，如交颈鸳鸯。原来，把“船”说成“床”，是他无法纠正的方言。这就是他理解的浪漫，而且他固执地认为，唯有付出这样的浪漫，才不至于委屈，像她这样的城市姑娘。

爱情中的误解，像一块可以被无限夸大的石头，摆放不够恰当，随时可能导致舟沉船翻。

现在，已经结婚的他们，还常常争吵。每到吵得不可开交时，他提议——我们上床谈。于是，他们来到湖边，坐在船上谈。船给他们一种提醒：他们现在的误会，也不过就相当于当年“床”和“船”的误会。

是的，爱上一个人，就是对这个人产生浓厚的兴趣，由兴趣进而发展到对他言行举止超乎寻常的关注。在敏感的心里，一句话，一个眼神，一个动作，都可以引发轩然大波。这正如一个音乐迷去听一场音乐会，小提琴与管风琴的演奏不能有任何瑕疵，因为有一双入迷的耳朵在洞幽察微地倾听。

而从另一个方面说，无论怎样用心地演奏，都做不到每一个音符准确地传达。即便进入了婚姻的殿堂，未来的路上，仍有疑点重重。唯当宽容与谅解，唯当沟通和表白，才能将爱情铸造成信仰。而当爱情成为彼此的信仰，又有什么样的误解，能让爱情花容失色？

亲爱的朱丽叶

维罗纳是一座历史悠久，有着二十五万人口的意大利中等城市。这里气候宜人，风光旖旎。不仅如此，莎士比亚戏剧《罗密欧与朱丽叶》中朱丽叶的故乡就在这座城市，这里是全世界年轻人心中的爱情圣地。每年，不同语种的成千上万封情书，汇集到这里，汇到卡佩罗路 27 号的一个小院。

院中的一幢小楼就是沙剧中朱丽叶的故居，院中铸有一尊与真人大小相同的朱丽叶的青铜像，那座令无数年轻人神往的大理石阳台，正是当年罗密欧与朱丽叶幽会的地方。

每一届的维罗纳市市长都会面临一个难题，世界各地给朱丽叶的情书，如雪片般飞来，这不是一些可以随便处置的信件，他们不能让世界任何一个角落有一个对维罗纳的“伤心人”。为此成立了一个朱丽叶俱乐部。每次都有十个志愿者承担替朱丽叶回信的工作。于是，多少年来，那些写给朱丽叶的信，都有了来自“天堂”的回音。

瑞典青年奥尔森，就收到过上千封这种来自“天堂”的信。奥尔森命运多舛，童年，其他孩子在绿草地上踢着足球时，他坐在轮椅上。十六岁那年，他萌动的春心和夜莺一起歌唱时，一次惯例性的检查，他被检查出患上了白血病。

生死交付给生命的预约，然而，奥尔森是那么渴望爱情。他爱读莎翁的戏剧，泪水一遍遍打湿了《罗密欧与朱丽叶》剧本。现实中，他没有一位女友，甚至没有一位要好的朋友。

于是，试着给朱丽叶写信。每封信的开头都是“亲爱的朱丽叶……”，本以为是无望的倾诉，然而，当信抵达维罗纳市卡佩罗路 27 号的那所小院时，“朱丽叶”回信了。这让奥尔森喜出望外。

奥尔森的心与墙外的绿萝一道绿了起来。透过窗棂，他看到了远处碧蓝的天空，快乐的飞鸟，和从户外伸进窗户的常春藤的叶片。奥尔森抱着吉他，与树梢上的云雀一起歌唱，阳光从阴霾中射出金光，照亮了奥尔森的心。

每封回信都这样写着：“亲爱的奥尔森，你就是我的罗密欧，亲爱的罗密欧，你在哪……”信封的落款都是卡佩罗路

27号。奥尔森甜蜜又惆怅，他想，这不是真的。可是，他又想，为什么不把她当成是真的？奥尔森的心里，幻象一次次在如此这般的否定中变成了事实。

三年的时光，悄然逝去。奥尔森在病痛中，甜蜜地度过了三年美好的时光，每当奥尔森心有不快，他都会轻轻地呼唤一声："亲爱的朱丽叶！"烦恼也随之烟消云散。这三年的时间里，他写下了近千封信。每封信都收到了简短的回信，这是奥尔森生活意义的所在。有了它，奥尔森就有了战胜病痛的勇气，心灵也因此有了强大的支撑。

身体每况愈下，奥尔森清醒地意识到，接下来会发生什么。他想做些什么，他花一个月的时间，把朱丽叶的回信一张张，折叠成纸鹤。折好数一数，整整一千只。

大限来临的那一天，奥尔森依靠众人的帮助，让纸鹤从窗棂一只只飞出去，最后一只，是奥尔森亲手放飞的，他微弱地呼唤一声："哦，亲爱的朱丽叶"，泪就涌了出来。然而，奥尔森笑了，他分明看到了云朵上的天使，飞进窗棂，站到了他的右肩……

如今，在斯德哥尔摩的一条小巷，奥尔森的居住地，许多人家都保留了一封朱丽叶给奥尔森的回信，他们被这个故事深深打动，同时也相信，这一片淡薄的纸，能给爱情疗伤。

维罗纳，这是一个温情的城市，充满了爱和体贴。朱丽叶也永远活着。如果我能远足，我想到这个城市。因为她让每一份情感都有呵护，她让每一声微弱的呼唤都有应答。如果我能走过这座城市，走过卡佩罗路27号那所小院，我也会轻轻唤一声："亲爱的朱丽叶！"——这是我们一生的伤感和浪漫。

说一段情话

他想把阳台上的那盆冬青搬走。分居是商量好的事，他们家正好有两套房子。初冬的风窜来窜去，阳台上有些冷。

两盆冬青，他准备搬走其中的一盆。弯下腰的时候，他有了发现：两盆冬青之间有点距离，可是超越距离的是它们彼此伸向对方的枝蔓和叶子，两盆树的叶子在阳光下闪着光，似乎要向对方倾诉。他把它们想象成一对男女，在它们之间似乎有一段情话要说。

多少年了，两盆冬青放在一起，它们越长越向对方倾斜，逐渐靠拢。而两个人的心，在一起这么多年，怎么就越离越远呢？他这样问自己，忽然他想起，他们在一起这么多年，他还没有跟妻子说过情话呢。他打电话给妻子，妻子说，我们之间还有什么好说的？他说，有好说的，我要最后跟你好好说一段情话。

后来，那盆冬青没有搬走，他也没有搬走……

这个并不复杂的故事，被一位朋友讲述的时候，酒桌上沸腾起来了。“这男人真坏！”“什么两盆冬青长到一起？分明是他瞎编的！”“他压根儿就不想走！”几个女人一起揭批。可是，面对“一段情话挽救一段婚姻”的事实，一桌子人没有不赞成的。

参加李阿姨的葬礼。李阿姨的老先生满头白发了，哭得很悲伤。旁边的人都劝他，他哽咽着说，你们不知道，我不是伤悲，我就是太遗憾了。

年轻的时候，忙着工作，忙着抚养子女，小事杂事一地鸡毛，商量的都是柴米油盐。儿女大了，老两口退休了。本以为可以互相搀扶着，坐在公园的长椅上，看看夕阳红，说说知心话。可是，现实却让他们分开，李阿姨去了大女儿家带外孙，老先生去了小儿子家照顾小孙子。

老先生说，你想跟那人说说话，可话还没来得及说，那人转身就走了，你再也见不到她了，你说伤心不伤心啊？

老先生的话让我忽然想起《红楼梦》里的一个情节。

三月的一天，贾宝玉来到沁芳闸桥边，坐在一块石头上看《西厢记》，头顶是一片灿烂的桃花，当他看到“落红成阵”这个词时，一阵风起，将树上的桃花吹落大半，当他回过神来，花瓣已随流水而逝，不再回头……

一个意味深长的细节，一段纠缠一生的情话，是让人眷恋红尘最美的牵绊么？